AF579835

El Fulgurado

Leonardo Vidal Ferreiro

El Fulgurado

Editado por: Corporación Ígneo S.A.C.
para su sello editorial Ediquid
Av. Arequipa 185 1380, Urb. Santa Beatriz. Lima, Perú
Primera edición, agosto, 2022

ISBN: 978-612-5078-21-6
Tiraje: 50 ejemplares

Hecho el Depósito Legal en la Biblioteca Nacional del Perú N° 2022-05835
Se terminó de imprimir en agosto de 2022 en:
ALEPH IMPRESIONES SRL
Jr. Risso Nro. 580 Lince, Lima

www.grupoigneo.com
Correo electrónico: contacto@grupoigneo.com
Facebook: Grupo Ígneo | Twitter: @editorialigneo | Instagram: @grupoigneo

Ilustración de portada: Sheila V. Mesa
Adaptación de portada: Sabrina Leguísamo
Corrección: Ninoska Adames
Diagramación: Gerardo Hernández B.

Colección: Nuevas voces

Contenido

Dedicado a Fabricio, mi mejor amigo, quien ha sido una inspiración para mí en la vida.

A Mahía y Daniela, quienes me han enseñado que sonreír cada día nos deja más cerca de la felicidad.

A mis padres, hermanos y sobrinos, para quienes me sobran los «perdón» y me faltan las «gracias siempre».

A Sheila V. Mesa, por su generosidad a la hora de compartir su arte en esa maravillosa portada.

Y a todos los autores y las autoras para quienes escribir sigue siendo su sueño y su manera de respirar. Por su arte, ¡muchas gracias!

Capítulo 1
El brote

Transcurría el año ochenta y dos cuando llegó al hospital una joven madre, entre nerviosa y ansiosa, como cualquier otra mujer en su situación, por la nueva vida que traería al mundo. Ella intentaba aguantar el dolor de las contracciones mientras pensaba cuán alegre se sentía por el hijo que tenía en sus entrañas; él era su única compañía, ya que el padre del niño, a pesar de que ella sabía quién era, estaba ausente.

Mientras la futura madre aguardaba, y desde una improvisada habitación para las enfermeras que se encontraba al final de la sala de espera, se escuchaba un *rock and roll* con un volumen muy alto. No era una balada ni algo apto para un centro de salud, era un *heavy metal*, por lo que todo paciente o acompañante que pasaba por allí observaba horrorizado la falta de respeto que había hacia los convalecientes.

Los dolores eran cada vez más fuertes, con menor intervalo entre uno y otro, y a pesar de que la temperatura no era muy alta, la joven transpiraba con mucha intensidad. Con su mirada intentaba ubicar a alguien que subsanara su dolor lo más rápido posible, sin embargo, pasaron unos cuantos minutos desde que llegó al mostrador en donde ingresó sus datos y en donde le informaron que debía esperar a que la buscaran con una silla de ruedas. Una enfermera, de bastante edad, repleta de canas, delgada, con cara amistosa y sonrisa tranquilizadora, se acercó a ella, tomó su mano y le dijo:

—Tranquila, muchacha, el dolor que sientes ahora tan solo será un recuerdo de la dicha de ser madre.

Ni bien la mujer pronunció sus plácidas palabras, llegó la ayuda con la silla de ruedas para conducir a la futura y nerviosa madre a la sala de partos.

Tan solo transcurrieron algunas horas y el llanto del niño se propagó por los pasillos de las salas aledañas. Era un pequeño varón, pero con el peso suficiente para subsistir; sus pequeños ojos tenían una vivacidad sorprendente, nada parecía escapársele, a pesar de ser un recién nacido.

La joven yacía tendida y agotada por el esfuerzo del parto, aun así le pidió a la enfermera que le acercara a su hijo y, en cuanto lo tuvo cerca de su rostro, le dio un beso y esbozó una sonrisa, luego cerró sus ojos muy despacio para dormir profundamente. De inmediato se escuchó:

—¡Lleven a la madre a la sala para que se recupere!

—Enseguida, doctor.

Mientras tanto, en la sala de bebés, el recién llegado al mundo seguía despierto y observaba todo lo que su pequeña mente le permitía. A simple vista, el niño no daba ninguna señal de ser diferente, pero era un elegido, alguien que, desde su interior, estaba destinado a tomar las riendas del mundo y a llevarlo por un nuevo camino. Luego de cuarenta y ocho horas, la madre y el pequeño fueron dados de alta del hospital, desde allí se dirigieron hacia el pueblo que daría comienzo a su historia: Las Piedras. Esta pequeña y humilde ciudad dormitorio, de aproximadamente setenta mil habitantes, se encontraba a unos veinte kilómetros de la capital. Sus habitantes eran, en su mayoría, obreros y gente común que no ostentaba enormes lujos, ya que allí no existían grandes edificios ni había múltiples atractivos, pero sí tenían un fuerte cariño por ese lugar.

La casa donde el diminuto niño viviría era pequeña y muy humilde, pero algo la hacía diferente de las demás, la rodeaba una alegría especial, de hecho, parecía que todo lo que rodeaba a ese bebé tenía algo de mística o de magia.

Para la joven madre todo había cambiado, aunque por un lado estaba feliz, por el otro la preocupación la abrumaba. Ella era un ser humilde, pero se encontraba sola, la dureza de la vida le estaba cayendo encima con todas sus fuerzas, no podía mantenerse mucho tiempo sin trabajar, todo ello la impulsó a no rendirse, a seguir adelante con la luz que la iluminaba: su hijo, entonces se apoyó en él, en la poca familia con la que contaba y en algunos vecinos que, de vez en cuando, cuidarían al niño para que ella pudiera cumplir con sus tareas como empleada doméstica.

Los años pasaron hasta que el pequeño tuvo edad para acudir a la escuela y aprender los valores que lo forjarían como una persona de bien, al que solo nombraremos por sus iniciales F. A. En ese momento, empezaría a despertar el Fulgurado.

Capítulo 2
Caminos de crecimiento

Los gritos de las madres, las corridas, los consejos y el limpiar las mucosidades de los niños y las de ellas es la imagen más real de los días de escuela. El primer día de clases tiene tantos significados como personas deben sufrirlo; cada madre y cada niño guarda para sí un recuerdo muy profundo y diferente de ese suceso inicial en la vida de todos como seres pensantes y asociados.

Para nuestra joven, aquel primer día de absorción de conocimientos de su hijo significó una mezcla de orgullo, nervios y algo de preocupación debido a que su tesoro se encontraría solo, es decir, sin ella; pero para el pequeño, a la temprana edad de cinco años, este nuevo paso en su vida no significaba un gran reto. Su evidente personalidad avasallante lo marcaba como un líder nato, más allá de la gran capacidad de absorber saberes que demostraría a futuro.

Las clases curriculares comenzaron a desarrollarse con normalidad, al principio, los niños debían atravesar la etapa de conocimiento entre los compañeritos y con sus respectivas maestras, ya que luego estas los instruirían en los saberes básicos: leer, escribir y sacar cuentas. Para Fabricio, que era un niño adelantado para su edad, no representaba más que aburrimiento, pero entendía que eso significaba ser aceptado como un igual, y luego podría usar esa confianza como medio y llevar adelante sus ideas.

Quien lo analizara con frialdad, pensaría que es poco probable que un niño a tan corta edad razonara de esa manera, pero no era solo un niño, hablamos del Fulgurado, su naturaleza era ajena a su propia existencia.

A medida que los meses pasaron, F. A. —llamémoslo así por ahora—, por medio de sus notas de excelencia demostró estar en otro nivel y, lejos de generar envidia entre su grupo, tuvo el efecto contrario, provocó la admiración y la fidelidad por parte de sus compañeritos, en un grado bastante inesperado para niños tan pequeños.

Casi al final del año, el séquito de los infantes protegía, por decirlo de cierta forma, a F. A., aunque esta protección no fuera necesaria, era la forma que tenían sus nuevos amigos de demostrarle cuánto lo apreciaban.

Las excelentes notas y el buen comportamiento transformaron al niño en un orgullo para su madre, quien intentaba cubrir su rol de la mejor manera posible, trataba de brindarle todo lo necesario para su desarrollo, aunque eso significara trabajar en más de un lugar a la vez.

La niñez de F. A. se podría considerar como feliz, ya que más allá de las penurias que se atraviesa al ser criado por una madre soltera, la ausencia de una figura paterna y la suma de la justeza de la economía en el hogar, su capacidad para ser autosuficiente afloraba, lo que siempre lo ayudaba a sobrellevar la dura realidad.

Los años en la escuela fueron el camino que recorrió el niño prodigio para ser una persona con grandes logros en su vida, los amigos que cosechó en cada grado dejaron relucir otra de sus características fundamentales, es decir, su gran capacidad de hacer amigos. La gente lo apreciaba y lo admiraba, a pesar de lo déspota que él era.

Ya a una edad más avanzada, a los diez años, su cabeza hizo un clic, no solo hacía falta inteligencia, sino también brazos, masa que acompañase las ideas, por lo que, más consciente de sus capacidades, se enfocó en seleccionar a los mejores especímenes, casi siempre terminaba siendo aquel que por voluntad propia se acercara, mas hacía excepción con aquellos que no eran lo suficientemente aptos o no eran dignos de recibir el conocimiento.

Así fue como, a esa temprana edad, el ejército que dejaría una huella imborrable, con autoalimentación y una gran capacidad de reproducción, comenzó a generar sus primeras armas.

Capítulo 3
Adolescencia atroz, mágico tesoro

¿Qué fuerza metafísica debe tener una persona en su interior para llevar adelante un sueño? ¿Para trazar el camino a seguir tan solo basta con fijarse una meta? Son preguntas con difícil respuesta, en realidad, con tantas posturas como individuos sean consultados.

Para F. A. comenzaba una nueva etapa, ya algo más maduro, no solo debía lidiar con los planes futuros en su cabeza, sino con los problemas relacionados a la adolescencia: crecer, tener más obligaciones, más preocupaciones, en sí, las primeras encrucijadas de la vida eran algunas de las paredes a derribar para ser mejor persona. Era difícil vivir la adolescencia y sentir que se debía cumplir con una especie de doble existencia, por un lado, hacer las cosas comunes de un joven de edad prematura y, por otro, guiar ese camino arduo y largo para ser el líder del futuro.

Los primeros pasos dentro de la educación secundaria fueron de estudio y comprensión, debía analizar de forma minuciosa el lugar donde se movía y conocer nuevos jóvenes, pero sin levantar demasiadas sospechas del objetivo, por lo que entendió que pasar desapercibido era la mejor estrategia.

Aunque ese era el plan inicial, su naturaleza afloró sin que él la pudiera controlar, desde ese primer año sus notas demostraron que F. A. no sería un chico más. De nuevo tapaba el ojo ante la sociedad, pero no pasaba desapercibido por los mayores cercanos a él, por lo que era objeto de muchas atenciones y constantes seguimientos.

Su madre sentía un orgullo inconmensurable, veía que todo el esfuerzo que ella hacía valía la pena; el joven púber, al notar eso, decidió hacer un nuevo cambio, no podía seguir siendo ese jovenzuelo que parecía dedicado y ejemplar, si iba a llamar la atención lo iba a hacer con estilo. Era hora de dejar que su interior explotara a todo dar, lo primero que haría sería cambiar su estilo, su delgadez y su aspecto debilucho, ya que su apariencia no ayudaba a imponer respeto, entonces decidió vestir más recio, más duro a la vista y romper algunas «normas» del buen vestir.

Antes de tomar la decisión definitiva tuvo que transitar por algunos problemillas, pues a nadie le gusta, sobre todo a los jóvenes en etapas de desarrollo y de marcación de territorio, ni los sabelotodo ni los raros ni todo aquel que les genere algún tipo de competencia o de miedo a lo desconocido. En esa perfecta definición calzaba F. A., para los ojos de los demás él daba miedo, ya que era callado, siempre pensativo, dueño de la verdad absoluta y de una capacidad para ironizar casi envidiable.

Así sus primeros enemigos salieron a la vista, aunque no fueron preponderantes en su vida, sirvieron para demostrar cuán fuerte debería ser para transitar lo que se esperaba de él. Ese grupito era algo así como jovencitos con problemas, aunque en realidad no tenían nada en contra de F. A., pero sí en contra de otros chicos de la secundaria, sobre todo, en contra de todo al que pudieran someter por su debilidad física.

Ver este tipo de actitudes despertó en F. A. la capacidad de ayuda ante las injusticias que vivían los demás, semana tras semana observó que esos muchachos fastidiaban a un compañero suyo, un chico delgado, de baja estatura. Tenía la cabeza como un huevo, le decían el Pequeñín, siempre callado y solo a un costado en el patio, vestía de una forma extraña, muy formal para su edad, llevaba pantalón de vestir color negro, camisa blanca abotonada hasta el cuello y un buzo en forma de V de color burdeos.

Un día F. A. estaba tranquilo en el patio, sentado contra un muro que daba hacia el final del terreno, frente al Pequeñín, pero a una buena distancia para que este no se diera cuenta de que lo observaba.

Luego de un rato apareció el grupete problemático a realizar su tarea habitual de ataque físico y psicológico contra el solitario indefenso. F. A., quien observaba todo, no pudo contenerse y lleno de furia, por la injusticia de la que era testigo, emprendió una carrera irrefrenable, se colocó frente al Pequeñín e hizo que los agresores retrocedieran un paso. En seguida se dio cuenta de la sorpresa que había provocado y consciente de las pocas probabilidades que tenían él y su amigo, aprovechó para sacar ventaja, frunció el ceño en demostración de bravura, gritó tanta cantidad de insultos e improperios que en cada rincón del instituto estudiantil lo escucharon. De inmediato se formó una ronda de estudiantes que cubrieron la situación y, justo antes de que pudieran recibir una golpiza, algunos profesores sacaron a los muchachos problemáticos de allí y los llevaron rumbo a la dirección.

Este gesto de clara valentía y la posterior explicación de lo sucedido a las autoridades provocó que el Pequeñín lo idolatrara, generó un gran agradecimiento hacia F. A. Fue un acto a resaltar, no solo para él, también para el resto del liceo, pues pasó a ser alguien a quien respetar.

Esta unión entre los jóvenes no duraría demasiado, ya que al finalizar el año el rescatado fue trasladado a otra institución, sin que el iluminado lo volviera a ver, pero F. A. se dio cuenta de que podía preocuparse por el otro, virtud que creía no poseer, lo que lo ayudó a comenzar a entenderse a sí mismo y a comprender que también tenía debilidades.

Sus gustos por la música y el arte lo ayudaron a elegir hacia dónde ir y a convertirse en un *dark*, personaje que le encajaba a la perfección, dado que lo que pretendía ser una pantalla, luego pasó a ser el reflejo de lo que había dentro del individuo, y ya con el respeto por sus actos y por su apariencia solo debía esperar a que su círculo de amistades creciera.

Pero no todo podía ser color de rosa. Los problemas dentro del hogar comenzaron a surgir, su nueva y aparente personalidad no le gustaba demasiado a su progenitora, quien aún veía a su hijo como el joven calmado y ejemplar, no podía hacerse la idea de que la imagen de la rebeldía y del descontrol era aquello que en realidad lo describía.

El joven comenzó a llenar sus tardes de cassettes de *rock and roll* mientras dejaba volar sus ideas y plasmaba en papel todo lo que de allí salía. Su madre empezó a cansarse de que no viera la luz del día y de que no hiciera nada productivo, según ella, así que obligó a su hijo a ayudarla en las tareas de la casa, y luego de salir de clase debía cocinar, lavar los platos, los pisos y demás. La situación cansaba un poco al joven, aun sin querer, debía colaborar, lo que lo motivó, como todo adolescente, a tener su primer encuentro con lo prohibido y el cigarrillo pasó a ser un fiel compañero de sus tardes y noches.

El ser un tanto bohemio lo acercó en poco tiempo a ese mundo y, para su sorpresa, le gustó demasiado, lo que comenzó a ocasionarle problemas con su madre, quien lo limitaba en sus horarios, le pedía rendir cuentas de dónde y con quién andaba, demandas que produjeron que F. A. se alejara de ella, casi hasta odiarla y dejar de hablarle durante semanas.

A pesar de todo, sus estudios siguieron a un nivel aceptable, se esforzaba para que sus vacaciones no fueran interrumpidas por nada y así poder juntarse con amigos a tomar alguna que otra bebida espirituosa.

Empezó el nuevo año ya dentro de la universidad y, por los años que llevaba en la misma, era casi una eminencia, el Fulgurado comenzó a ser llamado como tal y su historia mostró que valía la pena ser contada.

Corría el mes de marzo, el año lectivo comenzaba y para F. A. o el Fulgurado ese periodo era diferente, pues había elegido qué especialidad seguiría. Ese primer año de la mitad del primer ciclo, en donde le tocó estar, era un crisol de personalidades, todos desconocidos para él. La mayoría de sus compañeros venían de diferentes partes, unos de la educación secundaria y otros de escuelas técnicas de los departamentos aledaños; nadie se conocía entre sí, salvo dos jóvenes que eran primos.

La diversidad existente a simple vista, tanto en estilos de vestimenta, como en formas de expresarse, de cierta manera molestaba al Fulgurado, quien se había acostumbrado a resaltar y allí, desde el primer día, otra vez se sentía como uno más. Desde su interior odiaba a sus compañeros y pensaba en abandonar su clase, no creía que pudiera relacionarse con nadie y las constantes miradas que recibía reforzaban su idea.

Para todo adolescente el comienzo de clases es una mezcla de sensaciones, muchos se sienten perdidos, incómodos y solitarios, a pesar de las multitudes de chicos que corren de un lado a otro en busca de un salón, pero jamás llegan a molestarse, sin embargo, F. A. se sentía así, molesto.

El aula era pequeña y su grupo también, solo había dos filas de bancos, así que F. A. se sentó al fondo e intentó estar lo más lejos posible de los engendros que lo ponían de mal humor; el profesor realizó una presentación para que lo conocieran, dijo su nombre, qué materia daría y los horarios, luego siguió con los alumnos para conocerlos y para que se familiarizaran entre ellos, los exoneró de actividades curriculares y los alumnos comenzaron a charlar sin tema fijo, uno de los primos expresó su sentir sobre un tema y F. A. no se aguantó y, en cuestión de segundos, con su ironía dejó al joven con la boca cerrada. Esta acción marcaría, a partir de ese momento, con quién compartirían el año, es decir, además de creerse inteligentes, debían esforzarse para ser dignos del Fulgurado.

Capítulo 4
El clan betista

Todo comienzo es difícil, incluye trabajo, nerviosismo y mucha incertidumbre. Crear un movimiento social de tal magnitud como el betismo era una jugada fuerte, sobre todo arriesgada para aquellos que tenían el honor de vivirlo de cerca, de ser testigos de su crecimiento, de su fortalecimiento y de sus avatares, lo que constituyó horas de empeño para construir en sus cabezas esa ideología que lo único que exigía era absoluta entrega y fidelidad.

Esa circunstancia se veía solo en los primeros allegados al clan, en los nuevos y en los que estaban más cerca de nuestro protagonista, pero el Fulgurado, quien había visto esa película en su cabeza cientos de veces, no vivía todas esas pruebas. Él era el primer betista, el creador, no necesitaba forzar su ideología, él era la ideología.

Después del primer encontronazo dentro de aquel salón, la impresión que tenían sus compañeros sobre él no era la mejor, más bien generó en algunos cierto rechazo, pero eso no le importaba, él consideraba a todo ser inferior, tan solo como una herramienta y no sabía si dentro de ese grupo habría alguno de ellos que valiera la pena, por lo que no le dio mucha importancia al ambiente que se originó.

Los días transcurrieron normal, las clases eran más o menos divertidas, según los vaivenes cotidianos, lo que generaba un mal genio en el betista, a pesar de ello, en su cabeza surgió una idea y no esperaría más para arrancar con su plan: el betismo nacería ahí mismo.

Al tomar esa decisión fue como si algo místico se alineara para que todo funcionara. El vínculo con sus compañeros de clase cambió de manera radical, de ambas partes nació el conocimiento, sin llegar a ser amigos, pero sí a compartir más cosas de lo que pensaban, hasta el punto de crear un grupo con cierta unión. El Fulgurado seguía siendo el mismo, a pesar del vínculo con todos, pero tenía mayor afinidad con ciertos compañeros, aquellos en los que veía más características utilizables para el clan.

Poco a poco el Fulgurado se sumó al selecto grupo a su diario vivir, por lo que salían, hacían cosas juntos como adolescentes, pero tenían claro quién era el importante entre todos, esa inteligente estrategia de pasar como uno más servía para protegerlo a él y al clan.

Esos primeros pasos de los betistas fueron una absorción de información. F. A. le hizo una introducción exhaustiva a cada uno, los estudió con minuciosidad: sus actos y sus formas de expresarse frente a las multitudes, todo servía para ser parte o para escalar en jerarquía o solo para pasar a ser un integrante.

El Beto, otro de los sobre nombres por los que se conocía al rey betista, dio cierta confianza a un grupo selecto de cuatro personas, quienes con sus diferentes características conformarían un séquito fuerte. Los primeros eran dos jóvenes altos bastantes fornidos, uno más delgado que el otro, el Oso y Nicola, eran los apodos que usaban por seguridad. Ellos siempre estaban cerca y seguían al Beto a cada paso que daba, parecían guardias personales y en corto tiempo mostraron su poco cerebro.

El cuartel general betista se encontraba en donde su creador pernoctaba, salvo cuando su progenitora descansaba, en aquel tiempo solo el rey podía estar allí, los otros tres lugares principales en donde el clan esparcía sus ideas eran en la institución, en la plaza y en el parque. En cada uno de los lugares se realizaban acciones cotidianas diferentes, pero que conformaban el diario vivir.

Durante las clases, el Fulgurado era uno de los últimos en entrar al salón, pero sus dos amigos se aseguraban de guardarle su asiento predilecto. Él se sentaba a observar y a estudiar a sus compañeros para buscar posibles adeptos; no le era fácil esa tarea, ya que no era muy querido por el grupo, sin embargo no dejaba de hacerlo. Durante los descansos recorría toda la institución, marcaba presencia y, a medida que transcurría el año, muchos se juntaban en el patio a escuchar las charlas filosóficas del betista original. Cuando lo veían dirigirse hacia el vagón del tren abandonado que había servido de aula en alguna época, corrían para escuchar su discurso.

Esto se convirtió en un hábito y casi en una adicción, dentro de clase lo veían con otros ojos, ya no era el loco del fondo, sino alguien a quien querían conocer mejor, lo que ayudó a crear un vínculo y a hacer un buen grupo. Luego de algunos meses realizaban actividades juveniles, se juntaban a tomar alguna bebida espirituosa, a fumar algún cigarrillo y demás cosas de jóvenes, al Fulgurado le gustaba esa sensación de unión, a pesar de tener claro que la mayoría de sus compañeros de clases no serían betistas.

Toda certeza tiene sus excepciones. Uno de los primos, el más tímido y callado, había generado un interés profundo por el betismo, poco a poco se acercó y preguntó para tratar de entender el fenómeno; esa acción movió algo en el interior del líder y dejó que el muchacho se acercara, lo que le permitió ser el tercer acompañante del Fulgurado. El cuarto integrante también salió de aquel salón, el Negro, como le llamaban otros de sus amigos, no era muy destacado, pero sí muy leal, el más leal de todos.

Los jóvenes transitaban casi la mitad del primer año del curso y el clan ganaba más adeptos a diario, así las charlas en la plaza del pueblo eran cada vez para más público. Todos se juntaban los fines de semana o cuando las actividades curriculares no eran un obstáculo y empezaban a media tarde luego de almorzar, ya que en aquella plaza había un solo lugar en el que el Fulgurado podía expandir toda su energía: el grandísimo banco doble. Este era un banco como todos, pero doble a simple vista, para el betismo eso significaba el estar sentados con el único de su clase, todo un simbolismo, así que al llegar se encontraban ahí, salvo que estuviera ocupado, lo que significaba para los ancianos, porque eran los que habitualmente lo hacían, una tortura verbal, muy bien aceitada, un improperio tras otro. La situación daba comienzo a temas de intimidad sexual y hasta indirectas físicas hacia la persona, no había un solo anciano que lo soportara, era gracioso ver toda esa situación y cómo bufaban al salir.

Luego de estar en «su lugar en el mundo» empezaban a diseñar cómo se daría el día; se tomaban el tiempo de observar a los personajes peculiares de ese pueblo, se reían un poco. Al líder, de manera mágica, le surgían temas que lo transformaban y su ego florecía, se explayaba de tal forma que a los presentes solo les quedaba escuchar, como si aquellas palabras fueran hipnotizantes para muchas jóvenes deseosas de estar cerca de aquel ser, cosa que también generaba celos a otros grupos, entre ellos a Los Pochongos. Ellos eran un grupo seudorradical que soñaba con tener rebeldía, pero sus vidas mediocres e inmersas en el sistema burgués no se lo permitían; eran unos pobres niños ricos, bancados económicamente por sus padres, a los que pedían permiso hasta para respirar, que para sus minúsculos cerebros habían visto demasiadas veces el canal MTV de fines de los noventa. En realidad no significaban una amenaza para los betistas, ya que eran solo unas personas más del montón, lo que enojaba más al seudoclan, pues los hacía pasar desapercibidos.

Al principio no hubo enfrentamientos, nada vinculaba directamente a los grupos, salvo los celos que crecían. Cada uno ocupaba lugares opuestos en la plaza y tenía una cantidad de jóvenes detrás, más o menos parecida, pero una tarde todo cambió. Los betistas, luego de que el Fulgurado se dirigió a sus correligionarios, y cuando el Sol caía, emprendieron su recorrida habitual por el pueblo. Era una costumbre, se hacía de este a oeste por una de las calles principales, y al llegar a lo que había sido una ruta se giraba de norte a sur para tomar la segunda calle principal —solo había dos principales en el pueblo— y de allí hasta el final, al parque, escenario histórico lleno de árboles de varias especies. En este lugar se había llevado a cabo una batalla libertaria en los años 1800, ahí se podía observar el panorama entre los ruidos de autos, no había nada más interesante para ver, así que los betistas regresaron a la plaza y al banco doble, banco que nadie osaba ocupar.

Salvo aquella vez en que la envidia pudo más y Los Po... —como los nombraremos de aquí en más— ocuparon el lugar betista. Los cuatro edecanes no podían creer lo que veían, por lo que arremetieron contra el seudogrupete, mientras el rey betista solo se limitó a observar a sus rivales de forma fija y con desaprobación. Los empujones, los insultos y los agarrones se multiplicaron en un segundo, desde afuera solo se podía observar un borbollón de personas que se empujaban unas a otras, hasta que se escuchó gritar al Fulgurado:

—¡Alto!

De inmediato sus adeptos se apartaron de la situación, el joven líder se acercó muy lento a la masa enfurecida y pidió ver al jefe del otro bando. Esperó unos minutos, nadie asumió la responsabilidad, de nuevo reiteró la orden, pero obtuvo lo mismo que antes: silencio y caras de asombro. Se abrió paso, miró a cada uno de sus rivales, su mirada denotaba que no tenía miedo, aunque ellos eran muchos, y cuando ya nadie estuvo en su camino, se ubicó en su trono, en el banco doble, como si nada hubiera pasado, sin siquiera decir una palabra, actitud que descolocó a todos los presentes. Los Po... se preguntaron: «¿Cómo podía ser alguien tan descarado?»; al instante alguien dio la voz de retirada. Los enemigos se marcharon con la confusión en sus cabezas, no sabían cómo se nombraba a eso que les había pasado, para el Fulgurado significaba haberles mostrado hasta dónde estaba dispuesto a llegar un betista por sus creencias, incluso hasta pelear la contienda más efímera a simple vista.

Así se fue consolidando la esencia del clan, por medio de una doctrina firme y de una ideología aún más dura, también a través del ejemplo y con actitudes que cada miembro transmitía a los demás. Los pilares comenzaron a afirmarse para que ese nuevo amanecer llamado betismo creciera, aunque fuese poco creíble, y llegara a cada joven de aquella generación. Ya sea que fueran miembros del clan o tan solo escucharan el nombre y las historias alrededor de la ideología.

Capítulo 5
Traidores

Cuando una persona es tan importante no solo crece su poder, sino también aumentan sus enemigos y la envidia que corrompe a cualquier hombre con mente poco usada.

Dentro del clan no se hablaba mucho del tema, pero algunos desconfiaban, tenían miedo de que alguien atentara contra el Fulgurado. Él se estaba haciendo demasiado visible, el segundo año en la institución, luego de que el betismo se expusiera, fue la antítesis a su predecesor; el grupo estaba unido, ya tenían un vínculo profundo, se habían conocido bastante durante las vacaciones de verano, habían vivido algunas aventuras juntos, aun así para el rey eran solo sus compañeros de clase, solo si su afinidad llegaba hasta el punto de la confianza, podían compartir algo como una amistad.

Todo andaba bien, el clan estaba fuerte, firme, seguía el rumbo previsto, lo que facilitaba el tener más momentos de esparcimiento. Cada fin de semana se había convertido en una anécdota nueva para contar; el Fulgurado había perdido un poco su seriedad y se entregaba cada vez más a los placeres mundanos, dando paso a otros lugares en los cuales desarrollar las actividades del clan. Entre estos sitios había un bar que frecuentaba, y en ese antro la poca gente, el ambiente lúgubre y humilde ayudaban a que unos chicos de diecinueve años, tan antisociales como parecían, pero con gustos por las masas, se sintieran cómodos.

Allí se hablaba de política, de filosofía, de los avatares de los jóvenes de su época, de la música y de millones de cosas más, eran tan habitué del lugar que el barman, al verlos, ya sabía qué servir.

Ese aparente relajamiento en el objetivo no era nada más que otro paso totalmente calculado del Fulgurado, si quería saber más de sus compañeros más cercanos debía tenerles total confianza y que ellos se la tuvieran a él, y la mejor idea era mostrar su forma humana.

Las grandes tertulias allí concebidas servían de material para que artistas como músicos y escritores se nutrieran y crearan obras diversas sobre el betismo. En momentos de libertinaje nuestro protagonista mostraba su lado artístico, las palabras que formulaba desde su interior eran tan inspiradoras como aquellas que esbozaba en sus discursos en la plaza.

Juntarse a charlar sobre la vida estaba dentro de la rutina cotidiana, lo que también ayudó a que el nivel de discusión de los betistas comunes aumentará y le diera más altitud a todo el proyecto. La ideología estaba fuerte y maximizada, al punto de integrar a más y más jóvenes, el betista original explotaba de felicidad, aunque no lo expresará en su exterior.

El movimiento que se generó provocó más envidia, algunos se encargaron de esparcir habladurías contra el líder betista. Este al principio no se enteró de lo que se hablaba o no le dio demasiada importancia, pero un día su sorpresa fue grande cuando al entrar al baño de la institución se encontró en una de las paredes descoloridas y con el revoque caído una leyenda que decía: «Fulgurado, sos una mentira, sos un hipócrita, nadie sabe lo que escondes», palabras más, palabras menos, no se puede describir lo enfurecido que se encontraba nuestro protagonista, lo peor de todo no era lo que decía, sino quién lo había escrito, porque el descarado estampó su firma para demostrar su odio contra el betismo: el Oso, uno de los edecanes del rey, una de las personas de confianza dentro del clan, quien, envenenado por la envidia que le había generado el protagonismo adquirido por el líder, se convirtió en un Salieri de un día al otro.

El rey betista no podía permitir tal osadía y no esperó ni un segundo para enfrentar al traidor y con él a cualquier cómplice que tuviera los testículos para seguirlo. Buscó por toda la institución, pero no lo encontró, preguntó a varios de los alumnos y solo le dijeron que creían haberlo visto salir hacia el centro del pueblo, así que de inmediato emprendió su camino hacia la plaza, lugar donde se le ocurría podía estar el maldito. Al llegar, la sorpresa y la furia fue aún mayor, el Oso estaba allí, pero sentado en el banco doble con un grupo de chicas, estaba ocupando el lugar del rey. El Fulgurado no podía permitirle tal falta y se abalanzó sobre él para increparlo:

—¡Eeey! ¡Maldita rata! ¿Qué crees que haces? Sabes bien que solo yo ocupo ese lugar.

—Ja, ja, ja, eso era antes, te has vuelto débil, creo que ya se terminó tu era.

—¿Te ríes? No solo eres una rata traidora, sino también algo imbécil, ¡solo yo tengo la capacidad de matarme o concluir mi era! Deberías nacer otra vez, conseguir otro cerebro y tal vez así llegues a mi nivel.

—¿Eh...? No harás nada con tus insultos, no podrás sacarme de la cabeza que tome al clan.

—Sigues hablando como tonto, tú no decides eso, el clan y los betistas te acompañan o no, ¿sigues sin comprenderlo, idiota?

Al escuchar esto por parte del Fulgurado, una a una de las chicas del pequeño grupete que acompañaba al traidor se retiraron.

—¿Lo ves? No puedes mantener a tu lado ni a un grupo de féminas poco cerebrales en el periodo de lucha de hormonas, eres patético, ¡vete de mi vista ya! Y, tú, Nicola, veo que eres su aliado, ¿qué harás?

—Yo me voy con él, me cansé de estar a tus órdenes.

—Muy bien, muy bien, vayan en paz, haré como si nunca hubieran existido, no valen la pena. ¡¡¡Aaah!!!, una cosa sí deben saber, a partir de hoy son unos parias para mí, ni siquiera tienen el nivel para ser llamados enemigos, así que serán como escoria, siéntanse libres de andar por ahí, pero no reten a la suerte, saben a lo que me refiero.

Al encontrarse con tal ataque verbal los dos traidores optaron por retirarse, tenían claro que no podían tener una guerra al nivel del líder, aun así, en sus ojos se veía el odio que habían construido en su interior y, como bien sabía el rey betista, aunque uno sea superior y lo sepa, el odio hace fuerte al enemigo más vacío de ideas, le da fuerza y un motivo a seguir, por lo que debía cuidarse de ellos.

El Fulgurado tuvo en cuenta lo sucedido y comenzó a pensar que tal vez sus otros dos compañeros de confianza también estaban en contra, por lo que se comunicó con ellos para verlos y al decirles lo que había ocurrido se dio cuenta de que no sabían nada de nada, cuestión que lo dejó con cierta tranquilidad, a pesar de ello, volvió a sacar su coraza y les pidió que tuvieran sus ojos abiertos, presentía que vendría pronto una venganza.

Los días transcurrieron sin que nada anormal sucediera, de vez en cuando, mientras los betistas hacían el recorrido habitual por las calles principales del pueblo, se cruzaban con los traidores, quienes al verlos cruzaban presurosos, ese era el mayor contacto que tenían. A veces también se los podía ver en algún bar conocido, pero al no tener con quién juntarse en poco tiempo, como predijo el Fulgurado, eran unos parias sin amigos.

Una tarde, y ya fruto de la desesperación, los dos expulsados decidieron acercarse a los dos betistas de confianza del líder que quedaban para hablar de una alianza. Los dos jóvenes edecanes, quienes eran algo inocentes, decidieron escucharlos para saber qué proponían. Luego de unos minutos no soportaron más la sarta de disparates vertidos, cortaron en seco el discurso y les pidieron, no en los mejores términos, que se retiraran de su vista lo más rápido posible; de inmediato informaron al betista original, pero este sintió pena por ellos y decidió que la soledad sería suficiente castigo.

A partir de ese hecho los leprosos fueron tratados como tal, saludaban al pasar sin obtener respuesta alguna, estaban arrepentidos y se dieron cuenta de que ser betista era mucho más de lo que en sus pequeñas mentes habían imaginado.

Capítulo 6
Antros, divertimento y más

Todo lo que vivimos genera valores, experiencias y forja como si la personalidad se tratara de barro. El Fulgurado entendió que debía disfrutar cada etapa de la vida, debía aprovechar que aún la juventud lo acompañaba y que el clan marchaba bien, a pesar de que en su cabeza no dejaban de rondar ciertas ideas; podía darse esa libertad que tanto necesitaba, estaba algo agotado, aunque no lo admitiera, había sido un golpe el perder a dos de sus cercanos.

Se sentía mejor a medida que los días y las semanas pasaban, estaba disfrutando ser un chico más, sin el peso de ser el elegido para cambiar el mundo, pero ser común conllevaba un gran riesgo: podía ser tratado con normalidad, correría la suerte de que lo maltrataran o se rieran de él, cuestiones que un adolescente con su coeficiente intelectual y gustos refinados vivía a diario. Al apoyar su cabeza en la almohada muchas veces se preguntaba: «¿Cómo será ser común?», se respondía a sí mismo, una y otra vez: «Tan solo vivir la experiencia me dirá qué tan bien estoy haciendo las cosas».

Día tras día se obligaba a vivir más allá de su pensamiento de conquista, lo bloqueaba y seguía adelante, como si no existiera. Tan fuerte era la maquinaria betista que tan solo el impulso bastó para que el engranaje funcionara a la perfección, y tan bien andaba todo que los adeptos se sumaron por montones hasta generar contactos betistas fuera de fronteras.

Al comienzo las salidas no eran muy emocionantes, F. A. salía con sus dos edecanes, se limitaban a ir a algún lugar, pedir algo de tomar y observar lo que los demás hacían sin emitir muchos comentarios, salvo alguna especificación sobre la música que pasaban, si era buena o no, estaban algunas horas así y luego cada uno se iba a su casa. El Fulgurado no confiaba en nadie y tampoco conocía los rituales de la noche, por eso se limitaba a estudiar cada movimiento, cada gesto nutría su cerebro, el cual parecía funcionar diferente al de los demás, hasta entendía situaciones y resolvía problemas en la mitad del tiempo. Al pasar unos cuantos fines de semana, los tres betistas se integraron, disfrutaban la noche como amigos, con alcohol, algunas jóvenes agraciadas y, por supuesto, muchas tertulias; de esas noches de bohemia salieron las ideas más locas, más renovadoras y descabelladas que aquellas mentes podían perjurar.

Todas esas noches de algarabía lograron que el vínculo betista creciera, sobre todo en su cúpula, cada día que pasaba el Fulgurado se volvía más maduro y sus características de líder nato se hacían evidentes.

Un fin de semana el líder betista tomó una decisión que cambiaría otra vez el mapa del movimiento. Era momento de tomar determinaciones y lograr un cúmulo de personas sin necesidad de un mayor esfuerzo, por lo que debía elegir uno de los antros que visitaban como centro de reunión; desconocía cuál tendría tal honor, en todos eran bien recibidos y muy bien atendidos, así que, por única vez, lo consultó con sus edecanes para saber sus opiniones.

Un sábado por la tarde charlaron en el banco doble, como debía ser, el betista original mostraba su calidad humana, tal vez era el calor reinante o alguna cosa que había comido, pero tenía una actitud tan conciliadora y amable que puso en alerta a los otros dos muchachos, incluso, por momentos pensaron si aquel era algún tipo de clon muy bien pergeñado.

En poco tiempo explicó a sus compañeros cuál era la idea de aquella conversación, les expuso la incertidumbre que lo aquejaba. Ambos muchachos comenzaron a barajar características de los diferentes bares, hablaron de lo cálido que era uno para el invierno y su gran estufa; del otro, de cuán sabrosas eran sus bebidas; así fueron pasando uno a uno, diciendo las cosas positivas y negativas de cada lugar. El Fulgurado hacía su propio análisis y por un momento se abstuvo de la discusión, hasta que, de manera estrepitosa, frenó a sus dos edecanes:

—¡Alto! ¡Callaos ya! —dijo con firmeza el elegido—. Ya lo tengo, ya lo tengo, nuestro lugar será pequeño, no debemos llamar la atención, será muy acogedor y con un trato casi personalizado, ¿saben de cuál les hablo?

—Ni idea —dijeron ambos edecanes con una notoria ansiedad por saber.

—Lo de Cucho creo que así lo llaman, su ubicación es ideal, es lo bastante lúgubre para pasar desapercibidos y allí tenemos garantizado un trato preferencial.

Luego de escuchar a su líder, y sin ánimo de contradecirlo, asintieron rápidamente y se pusieron en marcha para concretar todos los detalles logísticos. Debían avisar a todos los betistas, hablar con el dueño del lugar para asegurar un espacio especial para las tertulias, conseguir los insumos correspondientes (alcohol y las sustancias que ayudaban al cerebro a llegar al estado betista) y, por supuesto, buena música, esto era esencial para que el ambiente fuese propicio.

Toda la preparación llevó aproximadamente una semana. La primera reunión en Lo de Cucho no fue lo esperado, la cúpula betista estuvo vacía toda la noche, eran los mismos clientes, algunos se iban y otros llegaban, parecía que estuviera planeado, ya que cuando se retiraban entraba la misma cantidad a suplirlos, así pasaron las horas. El líder, junto con sus hombres de confianza, consumía algo de *whisky* en el fondo del pequeño local, en una mesa de madera que estaba hecha con tablas económicas de construcción, y charlaban de manera apacible, aunque los dos edecanes estaban algo nerviosos por la situación, A pesar de que la idea no había salido de ellos, temían que los resultados no agradaran al Fulgurado, la duda era tan grande que de pronto uno de ellos tomó coraje y preguntó a su líder:

—¿Se encuentra a gusto?

A lo que este contestó:

—¿A gusto, dices? Hum, el lugar está bien, poca gente, es verdad, pero creo que soy un genio, ja, ja, ja. Esto es perfecto, no esperaba menos de una idea volcada de mi propia genialidad.

—Pero ¿no le molesta que esté casi vacío? ¿Por las tertulias y esas cosas?

—Ay, ay, dime que en serio no dijiste eso, esto es perfecto, he dicho, aquí solo tendrá espacio gente de nivel que se anime a filosofar con el mejor, o sea, conmigo, así que, si tomamos eso en cuenta y que el servicio es casi exclusivo, ¿en dónde vamos a obtener tanto, por tan poco esfuerzo?

Aunque el comentario molestó un poco al edecán, ya que minimizaba el trabajo realizado, se contuvo y entendió que el líder no se había expresado con ánimo de ofender, sino más bien era una expresión normal en él.

—Bueno, me alegro de que sea de su agrado.

Al llegar el alba, la jornada de ocio nocturno había culminado, por lo que los invitaron a retirarse cuando el Sol comenzó a brillar con fuerza. Al salir, los primeros movimientos de una mañana de domingo podían verse, los vecinos madrugadores se disponían con sus desayunos y sus sillas para sentarse en la vereda a quejarse del clima y de lo mal que andaba el país; otros paseaban al perro y sacaban los residuos, y los más veteranos aprontaban los carritos con la lista de papel en el bolsillo rumbo a la feria para hacer las compras de comestibles y alguna que otra chuchería. En ese entorno nació uno de los rituales más usados en el universo betista: «La cantarola dominguera», este acto consistía en cruzar la feria mientras se regresaba al hogar cantando estrofas de tangos conocidos, incluso aquellos que no conocían del todo la letra; los betistas se atrevían a inventar alguna otra sin dañar la métrica de la canción.

Cuando se realizó por primera vez «La cantarola dominguera», a algunos de los testigos, compradores y puesteros les pareció gracioso, en cambio, en otros pasó tan desapercibido como un borracho dentro de la normalidad, pero domingo tras domingo el rumor del espectáculo corría por todo el pueblo y aquellos que no lo habían apreciado se levantaban muy temprano, pese a ser un día de descanso, para acompañar a los betistas tangueros.

De ahí en adelante «La cantarola dominguera» fue una acción que identificó al grupo frente a los mundanos, y aunque más y más jóvenes lo practicaron, ninguno igualó la atmósfera mágica que lograban el Fulgurado y los suyos.

Capítulo 7
Filosofando

Muchos se acercaron al líder betista en su larga vida, algunos solo lo admiraban y lo seguían, otros dedicaron su vida al betismo y, aunque nunca estuvieron cerca del rey, sabían todo sobre el movimiento, estos cuasi fanáticos se multiplicaban de ciudad en ciudad eran miles, cuando los betistas de primera línea solo tenían diecinueve años. El Fulgurado les agradecía lo bueno que habían sido para la divulgación de la filosofía, para la esencia del clan y para las tertulias de la plaza que él había dejado de hacer con asiduidad por la decisión de ser alguien normal, estas las llevaban a cabo de una forma casi aceptable para mortales de una clase inferior, los edecanes estaban al tanto de cada reunión del betismo, dentro y fuera de los límites del pueblo fundador y, a la vez, mantenían informado al líder.

Aunque la acción tomada hacia el clan parecía tan solo una forma de dejarlo a su suerte, esa realidad solo era bien entendida en la cabeza del genio que sabía que la única opción para subsistir a través del tiempo era la autoalimentación. Todo iba muy tranquilo, la situación controlada en el clan y, desde el punto de vista personal, el Fulgurado se destacaba ampliamente, por lo que nada parecía estar desalineado con él.

Una noche, el Fulgurado y sus edecanes estaban en el lugar de reunión, sentados en una mesa de madera que se notaba había sido víctima de las inclemencias del tiempo, parecían muy calmados y observaban todo a su alrededor, cerca de ellos se encontraban dos muchachos, vestían ropa negra, unos oscuros sobretodo con rompevientos de cuello largo y *jeans*, de vez en cuando comentaban algo o hacían algún chiste, por lo que se les oía reír, estos chicos eran nuevos, nunca habían estado allí y, aunque para los edecanes eso pasó por alto, para el betista original no, él estaba bastante intranquilo, sentía que no debía acercarse, aunque quería saber quiénes eran, pero si los espantaba se quedaría con la intriga que esos dos individuos le generaban, físicamente él estaba allí, pero mentalmente estaba en otro lugar, sin más, la noche transcurrió normal, hubo diversión, bromas, alcohol, anécdotas, tertulias y discursos.

Al Fulgurado le afectaba todo aquello que cambiara su entorno, parecía que perdía seguridad si algo se escapaba de su control, su grupo habitual lo notó, y al ver a los dos muchachos entendieron el por qué, por un momento uno de ellos pensó en acercarse, pero desistió de la idea ante un gesto de su líder que luego le explicaría que era mejor tener calma.

La jornada de jolgorio culminó sin mayores sobresaltos y, luego de conversaciones en tono elevado, chistes, risas, algún coqueteo bajo los efectos del alcohol y otras tantas cantarolas, todos se fueron a sus casas, los betistas tomaron el mismo camino de siempre, aunque estuvieron un poco más de la cuenta en la plaza del pueblo y el primer betista aprovechó para charlar con sus congéneres de cómo dos extraños habían irrumpido en un lugar betista, que ninguno sabía quiénes eran y que pasaron desapercibidos para la mayoría, el regaño fue grande y se extendió como una media hora, ninguno osó en emitir sonido alguno, solo escucharon y asumieron su error, lo que hizo que el Fulgurado tomara de nuevo la decisión de cambiar su postura y de dedicarse al clan al cien por cien, también entender que no podía ser un chico normal, ya que era el líder betista y eso lo destacaba entre los mortales.

Los cambios se notaron durante la semana siguiente, el líder se había ofuscado tanto que estaba encima de cada tema concerniente al betismo, casi como cuando se generó el movimiento, claro está que con más seguidores, había distribuido la jornada cada minuto de su vida hasta hacer de ello una ocupación, a pesar de que era algo más estresante para él, esa nueva forma de hacer las cosas hizo que explotara su liderazgo de tal forma que todos a su alrededor se sentían protegidos, seguros de lo que hacían, el betismo crecía, se extendía a niveles exorbitantes y estaba traspasando las fronteras alcanzables para la etapa que vivían. El tiempo pasaba y los primeros discípulos habían crecido, muchos ya estudiaban en la ciudad capital, otros estaban fuera del país, entonces una vertiente muy fuerte se consolidó y con los primeros vestigios de una nueva forma de globalización en lo que a comunicación se refiere, se volvió más fácil saber noticias del betismo por los rincones del planeta, el Fulgurado utilizó ese medio para proliferar entre los adeptos, mostrarse como un líder más cercano, hacer sentir a cada uno casi como iguales entre ellos, por supuesto, solo entre ellos, ninguno podía ostentar estar a su altura.

Un mes pasó para que los betistas volvieran a salir y visitar el lugar de encuentro, entraron con su arrogancia característica, dueños del lugar, era su espacio y tenía que ser respetado, saludaron al dueño del local, pidieron sus bebidas y buscaron una mesa para sentarse y pasar la noche, las charlas abarcaron todos los temas posibles, desde la práctica de futbol, hasta el origen del universo y la teología, las discusiones eran abiertas y democráticas, todo el que se sintiera con ganas de opinar sobre algo podía hacerlo, las horas pasaron, una nueva mañana clareaba cuando los cuerpos no recibían más alcohol, de nuevo emprendieron la marcha con las cantarolas, todos participaron, al menos así lo creyeron, el líder estaba pensativo, algo extraño, como si algo sucediera, luego de un rato uno de sus edecanes se acercó de manera disimulada y lo interrogó:

—¿Pasa algo?

—¿Qué has dicho?

—¿Sucede algo? —insistió el edecán.

—Nada, nada, tranquilo, sigue divirtiéndote.

Aunque la respuesta no lo convenció, obedeció y se alejó pensando en que tal vez solo necesitaba un poco de espacio, sin embargo, el edecán lo respetaba mucho, además lo consideraba su amigo, un ejemplo a seguir, por lo que no dejó de preocuparse, observó a todos los presentes y, dentro de su mundo, el Beto solo pensaba en cuánto le había gustado aquella noche y en cómo le gustaría que todas fueran así, pero también sabía que todo lo forzado estaba destinado a fracasar, entonces guardó ese pensamiento para él, cosa que también lo frustró.

Cuando el Fulgurado regresó a su casa, su Señora Madre, como él la llamaba, tan complaciente como siempre, ella le gritó que desayunara algo, que estaba muy delgado y temía que contrajera alguna enfermedad; por supuesto, él no le hizo caso y se encerró en su dormitorio para escuchar música, apenas pudo dormir, solo tuvo lapsos de sueño y como si algo mágico hubiera surgido, tomó unas hojas sueltas, algo para escribir y expresó en prosa su veta de genialidad, estampó una palabra tras otra, hasta que el Sol calentó la ventana y su cuerpo yació sobre la mesa totalmente agotado.

Ese suceso le sirvió para darse cuenta de que debía convertirse en filósofo betista y hacer de esas noches de juerga una gran ronda filosofal, ya que en eso radicaba el sentido del betismo, pensar acerca del mundo que los rodeaba, razonar sobre el universo, analizar al nuevo ser humano y al nuevo orden, y vincular las mejores características en uno solo, en el Fulgurado, y este debía hacer que cada betista entendiera eso y que cada conversación que se llevaba en el banco doble por las tardes, se trasladara a la noche, donde el alcohol los ayudaría a ser más sinceros y desinhibidos, era hora de que sus correligionarios pensaran algunas cosas por sí mismos y, tal vez, de esa forma, discutirían temas de manera objetiva.

Pasaron pocos días y el líder llamó a las personas de su confianza, a aquellos que consideraba como su amigo, para que se reunieran y explicarles en qué consistía «Las noches filosofales», nombre que causó en todos algo de risa. En unas pocas semanas y cuando los betistas se juntaban a beber algo, el universo en su conjunto era analizado, a veces era tal el nivel de las discusiones que casi todos los asistentes participaban, pertenecieran o no al clan, era toda una innovación, así muchos fueron betistas por algunas horas, sin saberlo, pero conscientes de que los presentes no eran solo unos chicos bebidos de más, sino que eran los encargados de dejar una marca y una filosofía totalmente diferente a la existente, sin lógica aparente, pero que hacía mella en quienes se acercaban, de eso se trataba el betismo, de filosofar.

Capítulo 8
Bienvenidos al mundo real

La veta artística del Beto había nacido, estaba tomando forma, lo que mostraba otra faceta en la personalidad del líder y de la persona, ese era el mayor cambio del Beto, se estaba transformando en humano, pero sin imperfecciones naturales.

Una de las cosas que le hicieron dar un vuelco fue qué debido a su edad, veintitrés años, debía insertarse en el mercado laboral como cualquier miembro de una familia trabajadora, aunque toda labor era considerada un insulto para un elegido, también era necesario hacerlo para pasar lo más desapercibido posible, ya que aún habían cabezas no preparadas que recibirían al clan como su filosofía salvadora. Mientras en la noche terminaba sus estudios, ya que cursaba el último año de la primera parte de su carrera, en el día ayudaba en su casa y buscaba trabajo, a pesar de tener un buen currículum, durante meses no tuvo muy buenos resultados, pero eso no lo desanimó, siguió firme en su búsqueda.

Un día el tan ansiado llamado llegó, esa misma tarde debía presentarse a una entrevista de trabajo, se trataba de un puesto en una industria del ramo del plástico, allí se hacían distintos productos de ese material, como sillas y mesas de verano. El Beto se presentó en el predio que ocupaba la empresa a la hora señalada, lo hicieron pasar a una oficina, allí había una secretaria que lo invitó a sentarse en la sala, no eran muchas las personas presentes para la entrevista, así que tomó una silla y se sentó frente a una mesita ratona llena de revistas, ojeó a ver si alguna podía ser de su interés, pero los secretos de mujeres y chismes de los famosos no eran su fuerte, pasó una hora aproximadamente, estaba bastante molesto por la espera, pensó en quejarse con la asistente, pero cuando estuvo de pie, la misma dijo su nombre y le ordenó que pasara, ya que sería atendido.

La entrevista transcurrió con normalidad, tanto que llegó a aburrirlo, pero sabía que era necesario el sacrificio, después de unos minutos obtuvo el puesto de electricista de la fábrica, aunque para un ser de su intelecto era poco, sus estudios rondaban por esa materia y era una forma de obtener experiencia laboral y dinero para sustentar su vida mortal, hasta que el movimiento tomara el poder.

Dentro de sí, en su ramificación humana, no de genio, estaba contento de haber conseguido el trabajo, ese día llegó a su casa para contárselo a su Señora Madre y su regocijo fue mucho más del que esperaba, la reacción algo desmedida sorprendió al muchacho, lo dejó estupefacto, sin saber si sacársela de encima porque lo estaba asfixiando o dejarla que se explayara en su demostración de sentimientos; luego de que su madre lo soltara, se dirigió hacia su cuarto, puso un viejo casete de *rock and roll* y, sin pensar en nada, cerró sus ojos.

Lejos del hogar del elegido, ciertos sucesos estaban por cambiar de nuevo el terreno por donde el betismo se movía, lo que parecía suceder era que uno de los edecanes comenzaba a alejarse como si olvidara cuál era su función, estaba muy metido en su vida y rompía la burbuja del nuevo mundo que se venía.

Algunos, preocupados por la situación, le hicieron llegar a oídos del Beto lo que pasaba, cuestión que el líder minimizó, como él mismo decía: «Nada estaba por encima del betismo, salvo él mismo», por lo que dejó que cada pieza en el camino del destino se acoplara como debiera, sin tener injerencia esa vez; mientras pasaron los días y él se acoplaba a su nueva vida de trabajador productivo de la sociedad, uno de sus cercanos se alejaba del grupo cada vez más y más, hasta que la decisión de cambiar su estado amoroso hizo que rompiera en su totalidad con el nexo y alejó al muchacho de sus amigos, de forma definitiva y por muchos años.

A pesar de que la cúpula del movimiento se vio trastocada, todo continuó, el líder encaró el suceso y trató de que nada de eso le afectará ni a él ni a los demás, y decidió reforzar al betismo, integrarse y generar otras actividades culturales y artísticas, mientras se inmiscuía en otra faceta de la sociedad, es decir, mientras cumplía con sus tareas de electricista durante el turno de la noche, allí aprovechaba para foguear su gran talento para la escritura y la prosa, y durante los momentos de ocio en el trabajo, con tan solo un bolígrafo y un papel, cubría un renglón tras otro, como si todas esas palabras hubieran estado encerradas en su interior durante años.

Esa nueva faceta que sacaba a la luz le sirvió para generar un vínculo con chicos de otros círculos sociales y atraerlos hacia el betismo, así un amigo de muchos años se acercó al movimiento, el Pintor, llamado así por su profesión, conocía al líder desde pequeño, casi desde la adolescencia, era extrovertido, alegre y con mucha inventiva a la hora de generar actividades que divirtieran a un grupo, y dada su facilidad para llevarse bien con las personas comenzó a acompañar a la cúpula betista, se juntaba en la plaza del pueblo, iba al lugar nocturno de reunión y al poco tiempo pasó a formar parte de la rutina del betismo.

Con el Pintor también se acercaron otros jóvenes que compartían el mismo vínculo, ya fuera laboral, de estudios o de divertimento, entre ellos Manuel, un flaco bonachón; otro joven con nombre extraviado y medio bobón; y una galería de bohemios, artistas y estrafalarios, dentro de ese nuevo y selecto grupo el Fulgurado encontró una segunda profesión y trabajo de fin de semana.

En esa época conoció a dos muchachos, eran hermanos y ambos músicos, uno tocaba medianamente bien la guitarra y otro muy bien la batería, eran hijos de un músico y profesor de la materia, este tocaba piano y órgano en un viejo bar ubicado en una esquina de la avenida principal, además, daba clases en los liceos locales; una noche invitaron a algunos betistas a degustar de unas buenas pizzas y a escuchar a la banda familiar: La Petruska Rock Band, tenían un *performance* aceptable para ser *amateurs*, y quienes completaban el quinteto eran su cantante, el Sambalaka, mezcla entre zamba y locura, y un bajista, todo un señor en lo que hacía, sobre todo porque era el único que tocaba fuera del pueblo, nada más y nada menos que en la sinfónica de la capital. La velada transcurrió sin sobresaltos, todos se divirtieron mucho y degustaron buena comida, al terminar el repertorio, el líder se presentó se sentó en ronda y comenzó una charla que duró horas, casi hasta el amanecer, trató muchos y variados temas: arte, política, sociedad, violencia y el buen desempeño como banda y sus presentaciones, tema que interesó sobremanera al rey betista, por lo que ahondó, interrogó y volvió a hacerlo para informarse al detalle, quienes lo conocían bien, sabían que se traía algo entre manos, pero no tenían muy claro qué era hasta que dejó ver sus cartas.

—Su banda es muy buena, y con esas canciones clásicas del *rock and roll* atraerían a una gran variedad de público. ¿Cuántas veces se presentan por mes?

—Aquí sábado por medio y después hacemos alguna que otra presentación en el bar o local de algún amigo.

—¿Tan poco? Es una miseria. De esa manera no podrán hacerse conocidos ni siquiera aquí en el pueblo, es necesario que se promocionen, que se muevan, hacer toques a beneficio, en un principio no ganarían mucho, pero si logran hacer las cosas bien, serían contratados fijos para tocar en algún lugar.

—¿Te parece?

—Sé que será así, jamás especulo, mi amigo, sé de lo que hablo.

—Ah, ¿sí?

—Sí.

—¿Qué eres? ¿Mánager o productor?

—Ninguna de las dos.

—¿Y no lo has pensado? —insistió el hermano guitarrista.

—¿Qué cosa?

—El ser mánager.

—Sinceramente no lo he pensado, pero ahora que lo dices creo que sería uno muy bueno para ustedes.

—Así es, mi amigo, estoy de acuerdo, confiaremos en ti y ya veremos.

La nueva sociedad nacida luego de unas horas de charla y alcohol se transformaría en la segunda ocupación del Fulgurado, claro que con una remuneración muy reducida o casi nula.

A pesar de que él tenía que cubrir el turno nocturno en la empresa donde trabajaba y en el día debía contactarse con personas dueños de *pub* o discos para ubicar a la banda, se empezaba a acostumbrar a la rutina, tener esos horarios tenía sus pro y sus contras, no dormir muchas horas lo cansaba un poco físicamente, pero también lo gratificaba poder asistir a un ensayo, en una pieza muy reducida con diez personas, fumar y tomar vino en un vaso de botella de dos litros cortada a la mitad, su vida de mortal estaba encontrando un balance y eso lo ayudaba a estar mejor, más ágil de pensamiento, sentirse útil con cosas nuevas y que le llegaban a gustar.

Una mañana, cerca de las seis, sucedió algo inesperado cuando debía ser relevado de su turno, se dirigía por el camino de pedregullo hacia la entrada de la fábrica y en el reloj de marcaje apareció uno de los muchachos que tanto lo habían descolocado en el lugar de reunión, no lo podía creer, era como si una pesadilla se hiciera realidad, al instante le preguntó si él trabajaba allí, como nunca lo había visto, tragó saliva y puso su mejor cara de piedra para no demostrar debilidad ni cuánto le afectaba el misterio de ese hombrecillo, caminaron, uno entró y otro salió, no pudieron evitar cruzarse, el Fulgurado hizo como si nadie estuviese pasando a su lado y fijó la vista hacia adelante, pero el misterioso muchacho no perdió la oportunidad para entablar conversación:

—Discúlpame, ¿te conozco?

__Hum, no lo creo.

—Sí, yo te he visto con tu prole, en aquel barsucho de mala.

—¿Cómo lo has llamado?

—Ja, ja, ja, sabía que eras tú. Me puedes llamar Wueis.

—¿Wueis? ¿Qué clase de nombre es ese? ¿No tienes apellido?

—Solo así, ¿para qué más? Ahora que somos compañeros podemos conocernos mejor. Bueno, adiós, nos vemos pronto.

El repentino corte de la charla dejó al rey betista con la palabra en la boca, como se suele decir, pero también le provocó una gran ofuscación, ¿quién se creía él para tener ese descaro?, ¿no era consciente con quién estaba tratando?

Esa mañana le costó conciliar el sueño, en verdad aquel joven lo intrigaba, de cierta manera veía cosas de sí mismo en él, sobre todo algunas cosas que quería bloquear, buscó en su cabeza qué debería hacer, pero no encontró respuesta, luego de unas horas el cansancio lo venció.

Las semanas transcurrieron sin que nada relevante sucediera, los dos compañeros ni siquiera se cruzaron en la fábrica, parecía que la tranquilidad se había apoderado del pueblo, en cambio, la carrera de La Petruska Rock Band se estaba moviendo en la escala que su manager esperaba, los fines de semana eran cada vez más productivos, tocaban en varios lugares y fijo tenían un toque en un gran salón céntrico que pertenecía a la colectividad italiana, todo estaba saliendo según como el rey betista quería, lo cual lo ponía de buen humor.

Sin embargo, de pronto todo comenzó a cambiar, la banda tenía un grave problema, los rockeros eran bastantes desprolijos, algunos más y otros menos, pero era casi generalizado, las muchas actuaciones y el ganar algo de dinero los volvió vagos, simplistas y poco contratables, fue un descenso progresivo; al rey betista le afectó, pero sabía que de peores cosas había salido; el bajista de la banda también se retiró, debido a una mejor propuesta para su futuro; y uno de los hermanos, el baterista, decidió cambiar de aires y tener una banda propia; así La Petruska Rock Band pasó a ser tan solo un hermoso recuerdo de unos jóvenes alocados que quisieron ser algo más.

Todos los integrantes tomaron su camino, muchos se quedaron en el pueblo, otros buscaron nuevos rumbos hacia ciudades más cosmopolitas y no se volvió a saber de ninguno de ellos. Cada tanto tiempo las armonías se vuelven a unir y, como si todavía tuvieran unos pocos años, en aquel pequeño cuarto suena con fuerza «Otro ladrillo en la pared», icono de la juventud rebelde de casi todas las épocas.

La experiencia vivida con la banda enriqueció mucho como persona al rey, cosa que parecía imposible para un ser de tal magnificencia, pero así era, dentro de sí, su otra parte, la más común absorbía esas experiencias y ganaba algo de terreno en contra de su personalidad predominante.

Por esa razón se dejó de tonterías y decidió que si tuviese una nueva oportunidad de ver a los dos jóvenes misteriosos entablaría conversación con ellos, los conocería con detenimiento y no los vería como una amenaza, pues tal vez serían buenos para el clan. Y como si el destino o una fuerza misteriosa estuviera de su lado, pronto pudo llevar adelante su acción, un sábado en la noche los jóvenes misteriosos aparecieron en el lugar de reunión, el rey betista, al verlos, se les acercó sin perder tiempo, compartió la mesa con ellos, se presentó como era debido, pues el otro muchacho no lo conocía, y les pidió a sus amigos que se acercaran para armar una gran tertulia.

Wueis, el compañero de trabajo del Fulgurado, era un individuo de estatura baja, complexión delgada, cara ratonil y mirada perdida, algo intrigante desde la forma rebuscada a la hora de hablar, hasta en sus actitudes, pero lo que tenía de raro lo tenía de amable e inteligente, le gustaba mucho filosofar sobre cualquier tema, un filósofo a escala moderna; su compañero no dejaba de ser tan raro como él, era más callado y delgado, siempre vestía de negro y con un sentido del humor del mismo color, dueño del buen uso de la ironía, de estatura media, por ello no se destacaba del montón, salvo cuando se comenzaba una charla, pero era un muy buen escucha y aún mejor conversador.

Aquella noche sirvió para humanizar al clan y que esos dos muchachos se sumaran, por su nivel podían darse el lujo de ser amigos del clan, casi integrantes, pero no involucrarse carnalmente, solo de forma provisional.

Tan bueno fue el acercamiento y la posterior amistad de muchos de los integrantes de la cúpula con los chicos nuevos que el clan creció a nivel intelectual, se convirtió en el refugio de los desplazados, de los rebeldes, de los antisociales y de cualquier escoria social con algo de cerebro; para el rey betista fue un nuevo paso hacia el gran objetivo, las nuevas caras mostraron que se necesitaba una renovación cada tanto, más allá de las bases que se debían respetar al máximo y que no cambiarían, también ayudaron a mostrar que dentro de esa coraza yacía un ser digno de admiración, no solo por su superioridad intelectual, su liderazgo nato, su capacidad de razonamiento y muchas cosas más, sino también por la gran capacidad de ser un buen amigo de sus amigos, un protector de los suyos, un humano con valores y muchos testículos para saber que lo que había creado se había transformado en el futuro de toda una generación, por aprender que la vida se vive y no se piensa.

Capítulo 9.
El Resabiado, Mr. Jeck Hill y el nacimiento del alter clan

Un hombre libre
no se arrodilla,
no cree,
no hace promesas,
no llora,
no ama,
no perdona ofensas,
no teme,
no olvida,
no se arrepiente,
no vive del pasado.
Un hombre nunca
es verdaderamente libre.

El Fulgurado

Han pasado unos cuantos años, tantos que hasta el propio escritor de esta historia se le hace difícil recordar la cantidad exacta, incluso el Fulgurado está dejando atrás su etapa de joven y está entrando en la supuesta madurez de la adultez.

Fue un proceso muy difícil, para cualquiera lo hubiera sido, aún más para él, que en su etapa de pubertad no era uno más, era el uno entre los muchos y así, cuando menos se lo esperó, transcurrió ese último año en la institución, aquella que era casi suya, de la que lo tendrían que haber jubilado de estudiante por los años de servicio, porque a pesar de ser un veintipico añero, de trabajar y de ser un aparato sustentable de la sociedad, seguía asistiendo con el mismo ahínco de los primeros años.

Era un orgullo para él haber pasado allí gran parte de su corta, pero no poca vida, el aún ser guía de muchos de ellos, de haber visto cómo se incendió el vagón del tren que yacía en el patio, de ser un refugio para fumar o incentivar mediante estupefacientes su metabolismo pachorriento, de presagiar sucesos años antes de que pasaran y millones de cosas que en simples términos hacían decir que él era la institución, lo llevó a ver cómo miles de jóvenes ingresaban con miedo a lo desconocido y crecían allí, pero se iban como hombres y mujeres de provecho, conocía a tantos funcionarios y directivas que de algunos ya ni se acordaba, era un lugar en donde se había ganado el respeto que se le tenía.

Fue integrante de muchísimos grupos, de todos los tipos y características, con superpoblación y reducidos en su número, conoció a tantos compañeros, muchos de ellos miembros del betismo e integrantes de la primera camada, olvidó a algunos de esa gran lista de personas que pasaron en los trece años que fue estudiante pero que, en su vida, en algún momento tuvieron cierta relevancia, tal vez menor, pero relevancia al fin.

Uno de los personajes que se cruzó en el camino del líder fue el Resabiado, lindo apodo para volverse popular —obviamente es sarcasmo—, conocía al edecán desertor desde muchos años antes de acercarse al betista original, no era alguien muy popular, más bien un nerdo en todos sus términos, un chico con una inteligencia anormal, herramienta que en el futuro no usaría muy bien, algo tímido y de poca comunicación, un extranjero que desde pequeño llegó al pueblo.

En la etapa de educación secundaria fue compañero del edecán y, por ser unos desarraigados sociales, hicieron cierta amistad, se conocieron cuando tenían trece años y de cierta manera se tenían estima el uno al otro; desde la forma en que se vestían, hasta lo que hacían para divertirse, los volvía aburridos, no estaban en la onda, lo que los convertía en el blanco de las bromas de sus compañeros, así como en víctimas de hostigamientos físicos y psicológicos. En los primeros años pasaron sus horas estudiando y gastando fichas en las maquinitas Arcade, nada trascendental en realidad.

Al llegar la adolescencia tomaron caminos separados y, en ese momento, en la vida del Fulgurado se cruzó el Beto, aunque de maneras diferentes, para uno, quien sería edecán, conoció a su líder, a su mesías, a su profeta; para otro fue solo un compañero de consumo de algunas sustancias y concurrente de lugares oscuros y de extremo perfil bajo, pero todos tenían algo en común: la música que escuchaban e intentaban tocar.

El lugar que los cruzó fue la bendita institución, forjadora de mentes brillantes, de personas provechosas en muchos aspectos para la sociedad y también de escoria humana, de relleno del consumismo y otros tantos mundanos, ya que el lugar físico donde vivían no era una pequeña ciudad, pero sí tenían mentalidad pueblerina, era difícil no conocer a alguien, así, en uno de esos años, el líder compartió clases con el Resabiado, quien a esa altura ya había cambiado mucho su aspecto y su personalidad.

Ese joven de escasa estatura, delgado, tímido y bonachón en su proceder, había explotado su aspecto de tal forma que era otro, ya no se vestía formal ni con camisa ni con buzo en forma de V, ahora usaba pantalones de *jean* negros rasgados, con cadenas que colgaban, los zapatos de vestir los dejó por botas militares, pelo largo, tatuajes, era todo un rebelde, un antisocial y un extremista contra el sistema, todas sus características, sumado a un grado de inteligencia, hicieron que a simple vista fuera un buen espécimen para integrar el clan, por lo que el líder, sin pensarlo mucho, dejó que el joven se pegara a él, tal y como hacía cuando estaba de caza, con la intención de estudiarlo de cerca.

Ese suceso se dio de manera cronológica después de que el edecán tuviera dicho título, así cuando el Beto contó que había encontrado un buen prospecto, se llevó adelante el protocolo habitual de selección, la sorpresa fue grande para los dos muchachos, quienes no se habían visto durante años y se encontraron en aquella etapa de evaluación betista. De inmediato, cuando estuvieron frente a frente, intentaron reconocerse, ya que ambos habían cambiado demasiado, pero lograron darse cuenta de quiénes eran y se abrazaron; al ver tal acción el rey preguntó al edecán: «¿De dónde lo conoces?», esta pregunta dio el pie perfecto para una explosión de anécdotas y una charla que se extendió durante horas con alcohol de por medio.

Desde ese momento, el Resabiado pasó a ser compañero de juerga del clan y aunque era de un pensamiento muy parecido a los jóvenes betistas, cuando el conocimiento fue mayor sobre él, se descartó su ingreso al betismo, pues era demasiado rebelde, poco dominable y con una cabeza un tanto sádica, una bomba de tiempo con furia psicológica acumulada.

Los meses pasaron rápido y el lazo entre el rey y el Resabiado había crecido, tenían algo en común, ambos eran afines al consumo de estupefacientes, a recorrer fiestas y a dormir pocas horas, aunque las salidas solo se daban algunos fines de semana, en su mayoría los días libres de sus respectivas obligaciones, la intensidad de estas valían por salidas diarias.

Una de la cualidades que caracterizaba al Fulgurado era ser el protector de todos, nunca dejaba que nadie se arruinara la vida, si sabía que alguien tomaba caminos tortuosos, se acercaba para guiarlo, era la mezcla perfecta que radicaba en su personalidad, por un lado, era omnipotente, inquebrantable, duro, egocéntrico, y por otro, era misericordioso, buen amigo, casi sentimental y, por supuesto, líder con todas las letras. El Resabiado tenía problemas de drogas, era un joven con bastos problemas familiares y muchos otros de autoestima, de cierta manera el Fulgurado se veía en él, y aunque consideraba que su ayuda era para los privilegiados, se la iba a dar a ese muchacho, su error fue dejar que su personalidad débil primará ante su capacidad de raciocinio excelso, el sentimentalismo le ganó y ese chico hábil lo utilizó para llegar a ciertos lugares, conocer gente de otros ambientes y hacerse más popular.

Muchos que conocían bien al líder sabían que ese muchacho no era buena influencia para él, mas no tenían valor para desafiar sus decisiones y optaron por observar y desear estar equivocados.

Un día, el pequeño bribón comenzó a mostrar su verdadero rostro, varias cosas y paulatinas en el tiempo lo fueron desenmascarando, él era un ser oscuro, con mucha envidia y odio encapsulado en ese cuerpito delgado y casi insignificante, con el paso del tiempo todo ese mal creció y creció hasta el punto de que su mente dejó de ver todo lo que hacía el Fulgurado por él. Desde ese momento nació un rencor hacia quien lo consideraba su amigo, no entendía por qué el líder tenía tanto y era tan respetado, si no era nadie, era débil y manipulable, eso pensaba él, su repudio llegó a tal grado que lo sentía inferior, no quería que los vieran juntos, comenzó a evitarlo y le ponía excusas infantiles para no tenerlo de compañero de juerga, si lo veía en la calle cruzaba la acera y hacía como si no lo hubiese visto, demostraciones de un ser inmaduro e inseguro, pero sus actitudes no quedaron allí, empezó a utilizar el chismerío y las falacias con la intención de desarmar el buen nombre del rey betista, iba de fiesta en fiesta y esparcía habladurías de una índole peligrosa, acusaba a su único amigo de delincuente, de narcotraficante y hasta de pedófilo; en un principio, esas charlas calentaron los oídos de aquellos que, como él, no podían ser grandiosos por haber nacidos mediocres, pero luego, como si fuera un virus, comenzaron a esparcirse por todo el pueblo con los agregados naturales que cada uno de los cuentistas incluía al chisme.

La situación con el Resabiado estaba fuera de control, a tal punto había llegado que ningún vecino del pueblo se había quedado sin saber las historias del malvado Fulgurado, lo que en un principio el betista máximo tomó solo como dichos de un pobre tipo, pasó a ser un asunto de primera importancia, y a pesar de que cada betista compraba números en la rifa para tener la oportunidad de golpear al Resabiado, el Fulgurado, quien era el único damnificado, solicitó a sus seguidores que no se metieran en el tema, ese problema sería, según sus propias palabras, «solucionado por él y solo por él».

La noche que arreglaron todo no tuvo nada de diferente, fue un sábado, un día de descanso para la mayoría, el lugar fue, por casualidad o destino, Lo de Cucho donde los betistas se reunían, de fondo sonaba una banda que, a ritmo de murga, expresaba: «Qué hermoso es contar contigo, te quiero como se quiere al mejor de los amigos...», los betistas estaban siendo sociales por todo el local, su líder, en cambio, esperaba agazapado a su presa, estaba sentado en una mesa hacia el fondo, en la que nunca se había sentado, tomaba una cerveza bien fría y tenía su mente concentrada en aplastar de un solo golpe a la maldita sanguijuela que había succionado bastante su sangre.

El tiempo transcurría a un ritmo vertiginoso, el líder tenía los sentidos distorsionados con la cuarta botella, pero no lo suficiente como para no hacerse cargo de un pequeño demonio inflado por su ego. Cuando los relojes marcaron las dos de la mañana y parecía que el Resabiado no iba a aparecer, el mismísimo muerto en vida hizo su ingreso triunfal, de un golpe abrió la puerta, elevó su cuello para que su mirada estuviera lo más arriba posible y ver a los que sentía inferiores, una comitiva de alcahuetes lo siguió, caminó hasta donde se encontraba el dueño, quien lo saludó por obligación, ya que a nadie le caía bien, siguió caminando y saludó a todos, tal y como si fuera una estrella de cine, se ubicó en una mesa y con un gesto de mano pidió que le sirvieran algo de tomar.

El grupo que formaban no constaba de más de veinte personas entre chicos y chicas, eran bastantes ruidosos, tanto que, a pesar de la música, se podía escuchar lo que hablaban a una distancia bastante grande, y como era de esperarse, ninguno se percató de la presencia del rey, quien de un sopetón sacó de su asiento al pequeño renacuajo, lo tomó del cuello, los pies del muchacho se movieron tan rápido que intentó encontrar un lugar firme en donde apoyarse, le comenzó a faltar el aire y no podría hablar, intentó con una mirada buscar ayuda en su séquito pero, antes de que alguno se acercara y con una mirada furtiva, el betista original desestimó cualquier intromisión heroica.

Era muy raro ver al rey así, lo que dejaba en claro que aquella situación había pasado todo límite, las manos del Fulgurado seguían apretando con cierta firmeza, la suficiente como para que sintiera dolor, aunque no la necesaria para dejarlo sin vida, las palabras iban a salir de su boca, pero la música se cortó en el momento preciso que el difamador recibiría su merecido, todos dejaron de hacer lo que estaban haciendo para escuchar aquella reprimenda:

—Ey, ey, ey —gritó el Beto mientras zamarreaba a su examigo—, no dejaré que te duermas aún, deberás escuchar algunas cosillas antes.

—Dé-dé-déjame, mal-maldito —balbuceó el renacuajo.

—Ja, ja, ja, ¿me dijiste «maldito» ?, ja, ja, ja. No sabes con quién estás hablando, ¿verdad? Por tu bien calla y escucha, porque no lo repetiré, desde hace un tiempo he tenido que ver y escuchar cómo te has encargado de ensuciar mi nombre por todas partes, es obvio que eres un ser de lo más despreciable, y no más de una veintena de personas pueden creerte, pero hasta aquí llegaste, no es de mi interés el por qué lo has hecho, pero aquí y frente a todos estos testigos termina.

—No lo haré —dijo con dificultad el Resabiado.

—¡Sí lo harás! Si no tu integridad física se verá claramente afectada.

—No, no ten-tengo mie-miedo.

—Eres constante, ¿verdad? Te repito: ¡lo harás! —dijo y lanzó con fuerza el cuerpo al suelo.

El delgado muchacho se puso de pie con algo de dificultad, acarició su dolorido cuello, se irguió y le hizo frente a su agresor:

—¡Que no lo haré! ¿Quién crees que eres? No eres superior a mí. A mí me deberían rendir culto, no a ti, no eres inteligente ni capaz ni nada, solo tienes carisma y un montón de monos sin cerebro que te siguen. ¿Eso te hace líder de algo?

Con más calma el rey betista respondió:

—Es verdad, tienes razón, tal vez yo no tenga lo que se necesite para ser líder, pero jamás me autoproclamé, he sido buen amigo, has podido contar conmigo, me he preocupado por los demás, más que de mí mismo, no soy superior a nadie, otra posible verdad, pero sé que no podré caer más bajo de lo que tú has caído, eso te lo aseguro. Y todos aquellos a los que quieres representar ¿son monos para ti? Ya veo tu liderazgo, ja, ja, ja.

—Tú-tú-tú.

—«Tú-tú-tú», ja, ja, ja. ¿Qué te sucede? ¿No tienes habla?, ja, ja, ja. Eres una escoria traicionera y no mereces más que el desprecio, ya me cansé de perder mi tiempo, me retiro, ya veo que no vales la pena, ni siquiera me alcanzas para discutir.

En ese momento y sin decir nada más, el Beto emprendió su camino hacia la salida, pero el Resabiado, quien había sido totalmente humillado, encolerizado, esperó hasta tener a su rival de espalda y se abalanzó sobre él, hubiera conseguido su propósito si antes un puño no se hubiera estrellado sobre su cara y lo hubiera hecho caer de manera estrepitosa; el líder betista siguió su instinto para defenderse, pero su atacante ya había sido abatido, y esa vez, por lo que se podía apreciar, tardaría en reaccionar; fue tan rápida toda la secuencia que, aunque consultaron a los presentes, ninguno supo con exactitud quién había propinado el golpe al Resabiado.

De inmediato, el grupo betista se reunió y sacó a su líder de allí, pues sabían que pronto el dueño llamaría a las autoridades; y así fue, unos minutos después las fuerzas policiacas llegaron al lugar, desalojaron a aquellos que no estaban involucrados directamente y ayudaron a los médicos de la ambulancia para que hicieran su trabajo.

El Resabiado se despertó al mediodía en un hospital cercano al lugar de esparcimiento, preguntó varias veces: «¿Qué hago aquí?», y las enfermeras le contaron lo que sabían, él de poco se acordaba, el golpe no afectó nada neurológico, tan solo le provocó un ojo morado y un fuerte dolor de cabeza, esa misma tarde le dieron de alta. A pesar de ello, y de que no habían transcurrido muchas horas, ya nada sería igual, el pueblo sabría, como había dicho el Fulgurado, que: «Hasta allí había llegado».

Después de aquel día nadie siguió al desgarbado chico, este intentó una y otra vez frecuentar los mismos círculos, pero no lo logró, lo despreciaron y echaron de todos lados, pasó a ser el mentiroso del pueblo, no le quedó más que seguir dentro de los ámbitos negros, ser la sombra de los pareas, que lo vieran por aquí y por allá como un perro mojado que busca refugio, ya que perdió la amistad de un buen amigo y el don de ser llamado persona.

¿Cuántas veces han sentido tanta furia en su interior que hasta serían capaces de matar? ¡Cientos! ¿Verdad? Más de las que una persona cuerda llegaría a contar, pero eso no quiere decir nada, si miramos que la gran mayoría de nosotros logramos controlar esos impulsos, pero ¿y si esos trastornos fueran más que un simple momento de enojo? ¿Si esos impulsos se convirtieran en otra persona dentro de nosotros? Eso sí sería problemático, ¿verdad?

Cuando el líder betista conoció al señor Mr. Jeck Hill, como se hacía llamar para ocultar su verdadero nombre, no era más que un chico normal, muy normal dirían algunos. Se conocieron en la institución, allí Mr. Jeck era el nuevo alumno de la clase, joven, pero bastante maduro, entrando en los treinta, fornido, con buen estado físico, cabello corto y castaño, peinado con raya al medio y con una piel muy pálida, como la de una persona que hacía años no veía el Sol, lo reservado que era se mezclaba con lo extraño que parecía, con su mirada perdida y, a la vez, macabra daba algo de miedo.

En los primeros tiempos, como era normal para un estudiante nuevo que cae en un grupo ya conformado, no tenía trato con nadie, más allá de algún saludo de «buenos días» o un «hasta mañana», protocolo utilizado por simple educación, aparentaba cierta timidez y, a simple vista, era calmado, aun así, nadie se le acercaba, lo que llevó a que el líder se interesara por él, ya que no podía ver que no tuvieran en cuenta a una persona, cosa que le originaba piedad y lo suavizaba un poco.

Una tarde, mientras todos jugaban a las cartas, el rey betista se acercó al triste Mr. Jeck, quien se encontraba en un rincón mirando el techo y teniendo alguna conversación ocasional consigo mismo:

—Buenas tardes, ¿cómo estás? —dijo mientras extendía su mano.

—Hola.

—¿Tienes algún problema? ¿No te gusta la compañía?

—No lo sé, nadie se me acerca.

—¿Y por qué no te acercas tú?

—¿Realmente crees que me rebajaría tanto?

La respuesta sorprendió al líder, quien no pudo disimular su malestar.

—Qué respuesta más soberbia, mi amigo, así no lograrás hacer ningún vínculo.

—¿Y quién te dijo que quiero hacerlo?

—Ja, ja, ja, nadie me lo ha dicho, pero no conozco a ningún mortal que no quiera hacer uno, salvo alguien especial que no necesite hacerlo, y sí conozco uno de esos, casi como si fuera yo mismo, ja, ja, ja.

—Así, así soy yo, muy especial, el mejor, vengo a ser el mejor.

—Qué risa me das, ja, ja, ja. Muy bien, señor «Mejor», te dejo con tu hermosa fantasía. No me has dicho tu nombre, ¿cómo te llamas?

—Mr. Jeck Hill, así me dicen.

—Vaya apodo, pero ¿no tienes nombre, muchacho?

—¡Así me dicen! Es todo lo que necesitas saber. ¿Fui claro? —dijo el nuevo con cara de asesino serial mientras miraba fijo al Beto.

De inmediato sus compañeros betistas, quienes vieron la actitud del muchacho, acudieron a proteger a su líder, pero antes de que llegaran a hacer algo el Fulgurado los detuvo con su brazo en alto y se acercó al Mr. Jeck Hill hasta que su rostro se pegó al suyo:

—¿Crees que me asustas? Te lo pregunto en serio: ¿crees que me asustas? —dijo con un gran grito el líder.

Fue tal el alarido, que el chico salió despavorido por un pasillo, todos se rieron de él, pero el rey betista no lo hizo, lo siguió con mirada furtiva, como si no lo hubiera convencido con su reacción, y cuando se alejó de su vista dijo con total seriedad: «Tengamos cuidado con este, parece peligroso».

Dos días pasaron para que volvieran a ver a Mr. Jeck, llegó como si nada hubiera pasado, caminó por el pasillo largo que unía la entrada con los salones del fondo, pasó al lado de todos sus compañeros de clase que estaban sentados en unas mesas de madera y en una especie de pequeño patio, y entró al salón, aunque aún no era la hora de comienzo, su actitud acrecentaba su imagen de persona extremadamente extraña, todos comenzaron a chismosear del compañero antisocial, excepto el líder que estaba pensativo y analizando al chico.

Cuando el timbre sonó, todos ingresaron a clase, Jeck se había ubicado en el banco del centro, de una fila de tres que formaba la primera fila, estaba como congelado mirando fijo el pizarrón e intentando perforarlo con la mirada, la situación se volvió tan incómoda que hasta el profesor tuvo que hacerlo reaccionar con un «¡ey!» bastante fuerte.

La clase continuó, no pasó nada fuera de lo común, salvo decir que Jeck era un cerebrito, contestaba todas las preguntas con una rapidez admirable, y cuando no era elegido por el profesor, se ofuscaba, casi como si hubiera sido víctima de un agravio personal, así como ese día transcurrieron muchos más, semanas, meses.

A pesar del tiempo trascurrido, su relación con sus compañeros no había mejorado, seguía solo, aislado, parecía vivir en otro mundo, sin embargo, todo cambió un día de julio, las clases comenzaron a las 15:00 h por un problema de falta de salones y, al ser un grupo reducido, los ubicaron en un taller-laboratorio un poco más pequeño, los quince chicos estaban más apretados, pero se las arreglaron, el profesor dio la clase normal, Jeck se encontraba desplazado en la segunda fila, ya que otro compañero, sin ningún tipo de intencionalidad, ocupó su asiento, lo que lo molestó mucho, tanto que no escuchaba la voz del educador.

Pasaron menos de quince minutos cuando unas voces llegaron a su cabeza, él la comenzó a mover de un lado a otro para intentar que desaparecieran, pero no dio resultado, cada vez eran más y más. El timbre del receso sonó y Jeck se sintió aliviado por haber controlado lo que pasaba por su cabeza, de a uno en uno se pararon y pasaron por los cortos espacios que habían entre banco y banco hasta llegar a la puerta, los jóvenes que estaban en la primera fila se mantuvieron en su asiento charlando entre ellos, de pronto, le tocó el turno al trastornado chico, quien tuvo un pequeño tropezón con una silla y chocó con uno de los muchachos del frente, de inmediato este se levantó e insultó a Mr. Jeck, lo denigró de todos los modos posible y Jeck, sin pensarlo, levantó su brazo y le propinó un golpe en el medio de la boca a su agresor, lo que provocó que su labio se rajara y le saliera un borbotón de sangre, todos quedaron inmóviles y en ese momento Mr. Jeck emprendió una nueva huida. Corrió tan rápido como pudo, parecía que lo seguían una jauría un tanto hambrientos, chocó con algunas personas en el camino, pero nada detuvo su marcha, en un santiamén llegó a las afueras de la institución, se detuvo para recuperar el aliento y todas las voces lo carcomieron a la vez: «Corre, corre», se superpusieron entre sí, por lo que, luego de unos minutos de descanso, volvió a correr sin rumbo fijo.

Cuando ya había corrido tres cuadras más se detuvo, su estado físico no era el mejor y había llegado casi a su límite, ese era el peor acto que había llevado adelante, en cuanto pudo respirar un poco mejor, un gran griterío atrajo su atención, giró su cabeza y lo que vio lo puso otra vez en marcha, a menos de unos setenta metros, una docena de sus compañeros corría desesperado detrás de él, le lanzaban insultos de todo tipo, le propinaban amenazas, así que corrió y corrió hasta que su piernas se acalambraron y se cayó al piso como un peso muerto, ni bien su cabeza golpeó el pavimento, un pie le pasó a centímetros del cráneo, lo que lo despertó, al instante giró su cuerpo, ya que se encontraba de espaldas, y vio cómo el muchacho que había golpeado de inmediato se le abalanzó, con avidez puso sus rodillas sobre sus brazos y le propinó un puñetazo tras otro mientras la sangre le brotaba por la nariz rota, los compañeros que estaban a su alrededor, lejos de ayudarlo, alentaban al golpeador y aprovechaban para propinar algún puntapié en las costillas, todo se desarrolló en un lapso entre cinco y diez minutos, cuando la situación de Jeck se veía más que complicada, apareció su salvador, el rey betista, quien caminó muy lento y se abrió paso por el círculo de chicos, mientras que el compañero que golpeaba aún el rostro encarnizado del que había sido su agresor, lejos estaba de percatarse de que el líder betista estaba a su lado y este, como si tuviera una fuerza sobrehumana, tomó de los hombros a quien estaba sobre Jeck y lo lanzó a unos metros, los chicos se corrieron rápidamente y el cuerpo cayó con fuerza sobre el suelo, Jeck, a pesar de la golpiza recibida, mostró una gran resistencia, abrió sus ojos y vio a aquel ser que había salvado su vida:

—¡Levántate ya! Si sigues allí tirado te van a matar. ¡Levántate! —dijo el rey mientras le tendía su mano.

El muchacho aceptó la ayuda y entre tumbos se puso de pie, su agresor estaba pronto para continuar la pelea y quería terminar lo que había empezado, en ese momento, Jeck tiró un golpe al aire sobre el hombro del rey con la intención de acertarle a su contrincante, cuestión que no sucedió porque el betista original hizo una maniobra magistral, giró sobre sí mismo, con su cuerpo cubrió a Jeck y al quedar frente a frente a quien intentaba magullar aún más a su protegido le propinó algunas palabras:

—¡Cálmate! Esto ya ha terminado, ya lo has lastimado bastante.

—¿Y quién te crees que eres para decir cuándo empieza y termina una pelea?

—Sabes muy bien quién soy, no hace falta que lo aclare delante de ninguno de ustedes.

Los betistas que estaban allí se acercaron a él.

—¡No me asustan! Si tengo que golpearlos a todos lo haré.

—No lo harás, eso te lo aseguro, pues antes de que lo intentes tendrás tantos puños en tu rostro que olvidarás cómo diablos abrir los ojos de manera normal. ¡Vete ya! No lo repetiré.

En cuanto el Fulgurado terminó de dar su enunciado, con gran fuerza se comenzaron a escuchar las sirenas de algunos patrulleros que se acercaban al lugar, de inmediato los chicos empezaron a correr en todas direcciones con la esperanza de escapar. Algunos, mientras huían, le daban vuelta a sus prendas o se ponían otras encima para que no los reconocieran.

El rey betista y su protegido no pudieron salir de allí debido al estado de este último, por lo que esperaron a que las fuerzas del orden llegaran. Así los agentes volcaron una pregunta tras otra, no esperaban respuesta de una, cuando ya formulaban la siguiente, hasta que el betista original los detuvo de sopetón y solicitó la atención inmediata de su amigo herido, al instante subieron al joven a uno de sus automóviles y lo llevaron con rapidez a la emergencia del hospital del pueblo, mientras que al Fulgurado lo llevaron a la comisaría local para interrogarlo.

Unas horas después ambos chicos salieron de sus respectivas locaciones, uno del hospital sin más que algunos moretones y una nariz rota, y otro que fue testigo de un lío entre muchachos. El Fulgurado se dirigió hacia la institución con la intención de encontrarse con algún betista y olvidar lo sucedido, y así fue, al llegar allí sus correligionarios lo estaban esperando, estaban preocupados por su líder, este los tranquilizó muy rápido, les ordenó hacer otra cosa y olvidar el incidente, orden que cumplieron sin chistar.

Las semanas pasaron y solo quedaron los murmullos de pasillo de la pelea cerca de las vías del tren, y cómo el Beto había salvado de una muerte segura al chico nuevo y raro; y en el grupo lo único que se hablaba era de cómo había desaparecido Jeck. Pasaban los días y el muchacho seguía sin aparecer, como si la tierra se lo hubiese tragado, para el líder y para sus betistas esa situación era muy rara, como si algo malo fuese a pasar, por lo que él les pidió que no bajarán la guardia, que no estuvieran distraídos, ya que tenía la certeza de que el antisocial no se quedaría tranquilo, iría por su revancha y volvería todo ese altercado menor en un círculo vicioso de agresión y violencia.

A la tercera semana se había vuelto cotidiano el hecho de que Mr. Jeck Hill no estuviera, nadie hablaba del nuevo, comenzaban a olvidarse de que el chico había existido en algún momento, menos el rey, él sí sabía que aparecería, no importaba el tiempo que pasará, en algún momento aparecería, y así fue, Mr. Jeck Hill apareció.

Era un día viernes por la tarde, el Sol se escondía en el horizonte, en el patio había cuatro mesas puestas en fila que servían de paño para jugar a las cartas, entre los jugadores y los observadores sumaban unos treinta jóvenes, a pesar de ello el bullicio era menor, prácticamente no parecían estar allí, todo estaba normal, de pronto, uno de los jóvenes se dio vuelta y con su mirada siguió a una persona que pasó de manera rauda por detrás de todos, el rey advirtió eso, se levantó y aunque sabía que podía ser Jeck, al verlo, su estado le hizo pensar que todo podía ser peor de lo que había previsto.

Los ojos saltaban de sus órbitas debido a las ojeras en su rostro, en vez de ropa llevaba harapos sucios, todos rasgados, húmedos, en los pies llevaba unos zapatos de cuero corroídos y sus dedos salían de la punta de los zapatos porque estaban despegados, daba la sensación de que había pasado varios días en la intemperie. El rey no dudó en cruzársele cuando vio que caminaba a paso firme hacia el lugar que servía de salón de clase, intentó hablarle, pero el nuevo ser no reconoció su voz, como si estuviera sumido en un profundo trance, siguió caminando, así que rey lo tomó del brazo, y de inmediato el monstruo giró su rostro inerte, lo miró fijo, pero con una mirada perdida, y sacudió su brazo, como si un extraño lo hubiera tomado, siguió caminando, pero el Fulgurado fue más determinante, se paró frente a lo que era una especie de pasillo e interceptó el posible camino por si quería llegar a donde se impartían las clases.

—¡Espera! —gritó con fuerza el Beto, por si aún quedaban neuronas vivas en esa cabeza desvariada—. ¡Espera, espera! —repitió, pero Jeck no se detuvo.

Entonces, al ver que sus intentos no tuvieron la respuesta que esperaba, se plantó con firmeza, lo tomó de los hombros y le dijo:

—¡Ey! ¡Despierta, hombre! ¡Despierta ya! ¿Sabes quién soy? ¿Me reconoces? ¡Recuerda, amigo, recuerda! Yo te ayudé aquel día que te dieron la golpiza, ¿lo recuerdas?

El joven no respondía con palabras ni con gesto alguno, por lo que el rey betista probó zamarrearlo un poco para ver si salía de su *shock*, pero nada pasó, la única diferencia fue que detuvo su marcha y el betista original volvió a hablarle, pero la respuesta fue la misma, exactamente nada, así que intentó llevárselo de allí, lo ayudó a girar, le habló con calma y tranquilidad, y así logró que lo siguiera fuera de la institución, allí, por el fuerte resplandor, el muchacho tuvo que cerrar sus ojos, parecía que volvía a tener un ápice de humanidad, por lo que el betista original decidió reanimarlo de nuevo:

—¿Te has despertado, amigo? —Al terminar de decirlo, Jeck giró la cabeza hacia él, por lo que el betista volvió a hablarle—. ¿Te encuentras bien? Tienes muy mal aspecto. ¿Qué te ha pasado? ¿Por qué estás así? Habla, no tengas miedo.

—Cre-creo que estaré mejor. Adiós.

Y así, como si hubieran tenido una larga conversación, y medio tambaleante se fue caminando hacia una de las avenidas del pueblo.

El Fulgurado, algo preocupado, lo siguió con la mirada, aún absorto por lo que había visto, la situación no dejaba de rozar el absurdo, pero a pesar de que le daba cierta pena, olvidó lo sucedido y volvió adentro de la institución, le quitó trascendencia para que nadie se pusiera nervioso.

Todo pareció volver a la normalidad después de aquel día, los meses pasaron y no se supo más nada del chico loco, el final del año se acercaba y con él el término de las clases, lo que volvía el clima de la institución de distensión y de un poco de desprolijidad, casi todos los educadores tenían sus notas finales listas y los alumnos eran los beneficiarios indirectos de mayor tiempo libre, el calor de esa época del año ayudaba al nivel de presión casi nulo, se le sumaba la cantidad de despedidas típicas que conjugaba la excusa para juntarse sin ningún motivo aparente y las ganas de comer y tomar todo lo que en el año parecía estar prohibido; pero como si fuera cosa del destino, de nuevo un día viernes la normalidad se vio trastocada, esa vez, cerca del mediodía, cuando el rey betista caminaba por el pueblo, como solía hacerlo, y al pasar por un local de ventas de revistas, observó con asombro en el diario local una noticia que a simple vista era una más de la crónica policial, pero los detalles y el hecho de que hubiera pasado en el pueblo llamó su atención, así que tomó uno de los diarios en calidad de préstamo para leer la noticia con más detenimiento y lo que decía logró que le corriera un sudor frío por la espalda: «Una menor con deficiencia mental que vive en un barrio no muy lejano al lugar más céntrico de la pequeña ciudad ha sido violada», así lo escribió su novio de veinticuatro años, siete años mayor que ella; hasta ese punto, más allá de lo aberrante del caso, nada parecía vincular al chico loco, pero fueron los detalles del supuesto novio lo que lo dejó estupefacto, el chico que describía el artículo era Mr. Jeck Hill, y aunque su magnificencia no aceptaba errores, sintió algo parecido a la culpa, por aquella vez que lo dejó ir con su desvarío a cuestas, pero en realidad, ¿qué podía hacer? Nada, hizo lo que cualquier líder hace por sus inferiores, les tiene misericordia y les da una oportunidad. Durante el resto de esa jornada, por su cabeza pasaron miles de cosas, hasta que cortó con esos pensamientos y se dijo a sí mismo: «Ese desgraciado tendrá su merecido y con eso bastará, tan solo le deseo lo peor por lo que ha hecho». La triste existencia de Mr. Jeck Hill culminó con una larga sentencia en la cárcel por el delito de violación y abuso de menores, sumado a algunos cargos de riña por pleitos callejeros.

Luego de lo sucedido pasaron casi cuatro años antes de que cualquier habitante del pueblo supiera otra vez de Jeck, cuando este volvió a aparecer, por jugarreta del azar, al primero que decidió encontrar fue al único amigo que consideraba que tenía, al Fulgurado, quien se había preocupado por él, el único que le había tendido la mano en momentos difíciles, y dentro de esa loca cabeza de maniaco tenía un lazo de amistad que había inventado con el rey betista.

El día que se volvieron a ver fue una sorpresa para el betista original, nunca esperó que se lo cruzaría de nuevo, lo había enterrado hacía ya mucho tiempo; pero para el Sr. Hill, el encuentro había sido premeditado, cada día, cada hora, cada minuto y cada segundo lo había dedicado a planear cómo sería el encuentro con su viejo amigo, qué diría, qué haría, etc.

Se cruzaron un sábado por la noche, Mr. Jeck había salido una semana atrás por buena conducta, y como no tenía en dónde vivir, porque su familia no lo aceptaba, deambulaba por las calles, dormía en alguna parada de bus y comía de la basura, durante esa semana se dedicó a recabar información: las rutas del rey betista, cuándo llegaba a casa, a qué hora salía, de esa manera sabía exactamente en qué lugar estaría el Fulgurado cuando se diera su encuentro, y «ese sábado era perfecto», eso le decían las voces en su cabeza. Entonces, cuando el rey pasaba por la plaza del centro para juntarse con algunos betistas y emprender sus noches mágicas, Jeck se presentó frente a él tal y como si fuera una aparición:

—Hola, mi viejo amigo, ¿cómo estás? ¿Aún me recuerdas? —dijo ante la sorpresiva mirada del betista original, quien intentó disimular su miedo.

—Claro que sí, pero ¿qué haces aquí? ¿Te fugaste?

—Ja, ja, ja, siempre preocupado por todos, ¿eh?, je, je, je. Tranquilo, me dejaron libre hace una semana.

—¿Y qué haces aquí? ¿Qué quieres?

—Nada en realidad, nada, tranquilo, solo quería agradecerte, tú fuiste el único que me ayudó alguna vez, no me acuerdo bien cuándo fue, pero sí sé, amigo mío, que alguna vez lo hiciste.

—Estás loco, ¿lo sabías? Mira, maldito pederasta, a mí no me das miedo y lo sabes, a mí no, sabes bien quién soy, así que te daré la oportunidad de que te vayas ¡yaaa! No quiero ver más tu rostro y, una cosa más, no soy tu amigo, que te quede claro.

Las palabras del betista original fueron puñales que se enterraron en el corazón del psiquiátrico hombre, nunca esperó aquella reacción, fue tan desconcertante para su ser que se tomó la cabeza como si quisiera arrancársela, comenzó a dar vueltas y a hablar como si tuviera una conversación con vaya a saber quién, siguió haciendo eso un poco más y, de repente, paró de dar vueltas, levantó su cabeza, miró fijo al Fulgurado, aunque con ojos desorbitados, y echó a correr en dirección opuesta hacia donde se encontraban, de nuevo la reacción del muchacho afectado mentalmente dejó sin reacción al betista, este se tomó un segundo para asegurarse de que aquello no había sido un sueño loco y prosiguió con su camino, pensó en denunciar lo sucedido a los agentes del orden, pero aquello no era algo digno de él, así que no le dio mayor importancia y lo dejó tan solo como un encuentro poco normal que serviría para el anecdotario.

De Mr. Jeck Hill no se supo nada más, nadie volvió a ver al desvariado chico y todos se sintieron mejor. No solo de malas experiencias se nutrió el largo camino del betismo, durante los años que pasaron entre su construcción, su afincamiento y su apogeo, también hubo otras experiencias, y una de ellas no es una historia positiva en sí misma, no de la manera tradicional, ya que según quien la analice podría dar una opinión diferente.

Una nueva enseñanza tuvo el clan, producto de la amistad entre el Fulgurado y el Pintor, un chico nuevo en el clan que, a pesar de tener algunas diferencias conceptuales con el betista original, le agradaba la idea de pertenecer a ese grupo de jóvenes quienes, sabiendo un poco y otro poco sin saber, estaban cambiando el mundo.

Algo que le agradó al rey del muchacho fue su humildad, lo veía tranquilo, pues ocupaba el lugar que le tocaba, tenía claro que, como sucede en un castillo de naipes, cada carta tiene una importancia preponderante para mantener el equilibrio deseado.

La relación de amistad entre ellos, porque en eso se transformó, duró muchos años, poco a poco la relevancia del Pintor en la vida del Fulgurado fue mayor, se escuchaban mutuamente y se aconsejaban, cuestiones que parecían insignificantes para alguien que maneja casi todas las respuestas, pero era la forma en que el líder mostraba respeto.

Así pasaron muchos años, y entre los dos, claro que, por idea del Fulgurado, construyeron cual, si fuera el Imperio romano, ellos lo denominaron La segunda era de la luz, este periodo era una refrescada al clan, ya que había que tener en cuenta que en la cúpula betista tan solo quedaba uno de los edecanes, el Negro, fiel como pocos y, claro está, el líder. Lo que se buscaba era seguir creciendo como organización, sin perder los valores principales ni originales, pero sí adecuarse al paso de los años.

En los primeros tiempos de La segunda era de luz surgió en el mundo entero, globalizado y solo para los poderosos una herramienta que mostraba cuánto había cambiado el universo, con ese nuevo invento aseguraban que podrían comunicarse con cualquier persona y de cualquier parte del mundo, como si ambas partes estuvieran en una misma habitación, como si mantuvieran una conversación, como si se vieran y también agregaran amigos, mantuvieran videos guardados, crearan un espacio personal en algo llamado «La nube» y lograran convertirse en un «yo virtual», donde expresaran sentimientos, comentaran sobre las opiniones de los demás, etc.

Debido a la falla en la comunicación dentro de la institución el joven que creó La segunda era de luz lo hizo con la intención de mejorar los canales, volcar contenido de interés para todos y compartirlo por medio de la red.

En poco tiempo, cada persona en el universo tuvo una cuenta en la red social, el pueblo había cambiado, pero eso no afectó al clan betista, de cierta manera lo ayudó, se volvió más fácil incorporar al núcleo a los betistas residentes del país, así como a todos aquellos en el departamento veinte.

Con este nuevo panorama, el Pintor formó la nueva cúpula, además de dos amigos de su confianza, el último edecán y el Fulgurado, y aunque parecía algo peligroso que alguien que no fuera el líder tuviera mayor presencia en el núcleo superior, era tan poca la inteligencia y aún mayor inocencia de los muchachos que atrajo el casi segundo, o sea, el Pintor, que el rey dormía más que tranquilo.

¿Qué necesidad tenía un ser tan poderoso como él de juntarse con seres tan inferiores? En realidad, no eran tipos muy lucidos, cualquiera se daba cuenta con solo verlos, pero eran dueños de una gran integridad, inspiraban confianza cuando conversaban, tenían todo lo necesario para ingresar al clan, sobre todo, porque eran fieles al betismo.

Los nuevos muchachos llenaron de aire fresco las actividades, ya que, aunque se hacían las mismas cosas, se llevaban adelante de diferente manera y con ello atraían nuevas caras, algunas más jóvenes, otras no tanto, hasta más de un veterano se acercó a aquellas tardes periódicas de filosofía.

El lugar de encuentro no había cambiado, era el mismo, aunque también había sufrido algunas modificaciones, ya no era el antro que reunía a los desplazados, sino que estaba abierto a todo público —siempre había sido así—, en una pantalla gigante que compraron pasaban videos de música de la época en el canal que estaba de moda, repararon el baño de los caballeros y colocaron uno para las damas, para seguir las normas de equidad de género, habían nuevas luces que se escalonaban en su intensidad y dejaban lugares con mayor oscuridad para los enamorados de cada noche.

Esos eran los principales cambios, en sí no modificaron el entorno habitual del lugar, pero sí era cierto que tenía un aspecto más moderno, incluso «el lugar» era igual de acogedor para el clan, pero poco a poco nuevas personas empezaron a aparecer por allí y el lugar dejó de ser reservado, ya no solo estaban los seres con cierto nivel intelectual, sino que los chicos frívolos y huecos envases de ropas caras, quienes no se conformaban con tener casi todos los espacios, comenzaron a ocupar ese también. Situación más que inaceptable, si todo seguía así, aquellos que en realidad valían para el clan no dejarían de seguir la idea, pero no estarían de manera física para trabajar sobre ella.

Al ver eso, el rey, con la paciencia que lo caracterizaba, habló con el dueño del local, pero aunque este le tenía mucho aprecio a los chicos desplazados, no podía ir en contra del desarrollo económico-personal; el líder betista dejó las cosas como estaban, sin decir nada a nadie, porque en su interior, el giro de los acontecimientos y la actitud de ese mortal consumista e irrespetuoso en realidad lo había molestado.

El gran betista no encontró otro lugar que estuviera a la altura del que ellos eran asiduos clientes, seguir allí parecía otra de sus enormes ideas, aunque por primera vez algo de lo que pasaba en su vida no estaba bajo su control, situación que lo descolocaba y no sabía cómo reaccionar, pero podía disimularlo muy bien.

El lugar de encuentro estaba algo contaminado ya, los nuevos integrantes de la cúpula, más los chicos que llegaron, dieron espacio para nuevas y diferentes formas de hacer las cosas, por ejemplo, las noches eran demasiado ruidosas y la música era poco agradable para escuchar, así que aprovechaban el tiempo para criticar a la mayoría de los nuevos concurrentes y tomar grandes cantidades de alcohol, sobre todo bebidas blancas y buenos *whiskies*, ya no se esperaba hasta el amanecer para salir de cantarola, sino que antes de la noche, las cantarolas tenían su espacio y los llevaban a terminar la jornada de divertimento justo en el lugar en donde todo había comenzado: la plaza del pueblo.

En esa nueva era el clan se volvió más filosofal, se discutía casi en cualquier horario del día, sin importar que siempre eran temas de mucha importancia para adolescentes que ya no lo eran y que se negaban, a su vez, a ser adultos, casi como si fuera el principio de todo, el betismo tomaba su lugar en la plaza para ver a su líder en su máxima expresión, era como si ese fuese un lugar con otra energía que lograba que el ser betista dentro del Fulgurado explotara del tal forma que al hablar nadie dejara de escucharlo.

Era una época de bonanza, de felicidad y de nuevos amigos y, a falta de un lugar para reunirse, pasaban las noches entre uno y otro sitio, así surgieron las noches de carne asada.

Se trataba de reuniones, a veces semanales o con una mayor amplitud en el tiempo, donde cierto betistas más cercanos a la cúpula, y esta misma, se reunían en la casa de alguno de los chicos que no tuvieran padres cerca o que fueran lo menos corrosivos posibles, como si se tratara de una comida normal entre jóvenes, allí se hablaba de la misma forma en la que se hacía en el lugar, se filosofaba, se escuchaba buena música y se confraternizaba, los temas estaban inmersos en cada palabra que se volcaba, aunque lograban esconderlo y hacer que pareciera una conversación normal entre personas.

Fueron tan beneficiosos estos cónclaves que se utilizaron de horno productivo, el Pintor, por ser artista, tenía un gran gusto musical, gusto que compartía con el líder y con la mayoría del grupo, algunas noches se pasaban videos de música y debatían sobre las historias de las agrupaciones, escribían y leían poesía, cuestión en la que el rey destacaba, así surgió la idea de hacer un grupo musical, a pocos les interesó la idea, pero cada iniciativa se promovía con la idea de integrar a todos.

Un día al Pintor, y a sus dos compañeros fieles y de poca agilidad mental, se les ocurrió sumar una idea musical a la anterior propuesta: hacer un videoclip, harían *versiones de* bandas conocidas o famosas y luego mecharían sus propias canciones, las cuales según tenían desde mucho tiempo atrás.

Dado el impulso inicial, solo debían ejecutarlo, pero surgieron dos inconvenientes, uno, no sabían si el betista original estaría de acuerdo con ese proyecto de iniciativa individual que, desde un punto de vista objetivo, no favorecía en nada al clan, y el otro inconveniente era quién se lo diría.

Se tomaron unos días para juntar coraje, se decidieron, pero ninguno de los tres era voluntario, repitieron el proceso por tercera vez y el Pintor tomó la responsabilidad, le pidió al rey reunirse con él en persona por un asunto importante, y le pidió a sus dos compañeros de proyecto que lo dejaran ir solo, no quería sentir la presión de los chicos que tenían grandes expectativas, ya que para ellos el asunto de los videos de música significaba la única cosa útil que podían hacer en sus vidas.

En la tarde de la reunión, la temperatura era templada, se acercaba el fin del invierno y el comienzo de la primavera, el Sol pegaba fuerte, salvo bajo el resguardo de algún árbol, en donde se sentía un poco más el fresco. El Pintor llegó a la plaza y no había señal del rey, eso, aunque no significaba nada más que un retraso, hizo que el joven se pusiera algo ansioso, pasaron veinte minutos y no sabía nada del líder, su ansiedad se estaba transformando en histeria y paranoia, una idea tras otra llegó a su cabeza, una más cargada de negatividad que la anterior, transcurrieron otros veinte minutos y aún no había ningún indicio de que su correligionario apareciera, se preguntó: «¿La idea habrá llegado al rey? ¿Se habrá ofendido al punto de despreciarme?». De pronto, mientras sus ruidosas neuronas pensantes ensordecían el ambiente que rodeaba al muchacho, a lo lejos, la iluminada y bien parecida figura del betista original apareció, lo que pasó desapercibido por el Pintor hasta que lo tuvo enfrente.

—Buenas tardes, ¿cómo estás?

—¡Has llegado! Bien, eso es bueno, te confieso que estaba bastante preocupado.

—Ja, ja, ja, pero, mi amigo, han sido algunos minutos, creo que olvidas que soy un hombre ocupado, ja, ja, ja. Eres un caso, bueno, dime, ¿qué quieres hablar conmigo?

—Bueno, veo que estás de buen humor... eso también es bueno.

—¡Espera un momento! ¿Qué diablos te pasa? ¿Qué diablos estás ocultando? ¿Tan grave es que te hace actuar así?

—Tranquilo, de verdad no es nada grave a mi entender.

— Entonces, habla ya. Me estás sacando de mis casillas.

—Lo siento, no era mi intención.

—No me hagas repetirlo...

—No, tranquilo, te explico el por qué estás aquí. Hace un tiempo vi, junto con los muchachos, que teníamos gustos similares en algunas cosas, y gracias a las reuniones que se han dado nos hemos animado a probar algo con la música.

—¡Ah!, entiendo, quieres que sea su mánager, pero lamentablemente voy a rechazar tu oferta, ya dejamos de lado esa etapa.

—No, no es eso, déjame terminar. La idea es hacer algunos temas propios, algún video con producción casera, algo así, ¿no sé si me he explicado?

—Sí, está claro, lo que no entiendo es ¿en qué participo yo? Y ¿en qué beneficiaría esta actividad al clan?

—En realidad, ese es nuestro principal inconveniente, es solo una actividad de entretenimiento, de gusto personal.

—Ja, ja, ja, deja ya de ser tan condescendiente, imaginé que tenías algo pensado para el resto del grupo, pero háganlo, no me ofenderé, mientras no interrumpa el resto de las actividades.

—No creo que pase. Y, siendo honesto, tampoco esperaba esto.

—¿Y qué esperabas?

—No sé exactamente, estaba algo temeroso.

—¿Temeroso?

—Eh..., ¿cómo explicarlo? Sabemos que si estamos dentro no podemos dejar de ser betistas y nuestras vidas deben pasar por el beneficio común.

—Estás en un grave error, mi amigo. Nadie, ninguno de ustedes es tan importante como para que su propia deficiencia natural afecte al clan betista, solo una persona puede hacer eso y ese está frente a ti. Ahora, si me permites, me retiro. Siéntanse libres de hacer lo que quieran, no se alejen del clan, no creo que sea beneficioso para nadie —dijo mientras guiñaba su ojo y se dirigía a la misma dirección por la que había llegado.

Para el joven, las palabras expresadas por su líder fueron más crueles de lo que esperaba, por algunos minutos se quedó sin reacción alguna, pasmado, duro, con la mirada perdida, pensando en aquellas frases esbozadas, era como si supiera que la realidad betista no se alejaba demasiado de lo que había vivido con el rey, pero no quería convencerse.

Cuando pudo levantarse, se fue hacia su casa, sin tener muy claro cuál camino había tomado, solo se hundió en su pensamiento y cuando volvió en sí estaba frente a su puerta, la abrió con lentitud, entró dando un paso tras otro, como si sus pies pesaran una tonelada, tomó el pasillo que quedaba a su derecha y, al pasar por el arco que conformaba la entrada de la cocina, saludó a su madre con una voz grave y siguió hacia su cuarto, una vez adentro, cerró la puerta sin hacer un solo ruido y se desplomó sobre su cama. Aquella actitud podría catalogarse como excesiva para cualquier persona normal, pero en este caso se trataba de un betista, con todo lo que eso conlleva.

Pasaron doce horas de una nueva jornada y el Pintor apenas daba sus primeras muestras de movimiento en el cuarto, estiró su brazo izquierdo intentando hacerse con el reloj-radio-despertador, pero dicha misión fue fallida, ya que cuando sus dedos rozaron con el aparato, el mismo cayó contra el suelo, volaron piezas por todas partes como si recibiera una reprimenda, se golpeó la frente con la palma de la mano y se dijo a sí mismo: «Estúpido», miró hacia la ventana y hacia la cortina que dejaba pasar un pequeño haz de luz desde afuera de su sepulcral habitación, muy lento movió una pierna, luego la otra y se quedó sentado unos cuantos minutos en el borde de su cama y con su cabeza apoyada sobre sus manos, ya que se sentía algo mareado, era como si su cuerpo tuviera la reacción biológica natural de una borrachera, pero nada de eso había pasado, ni una gota de alcohol recorría sus venas desde hacía días, por lo que esa reacción no podía estar ligada a la ingesta de sustancias prohibidas, por un momento se preocupó, pero casi al instante dedujo que era algo psicológico, así que decidió no darle mayor importancia, se vistió, pasó por el baño, se refrescó el rostro con bastante agua fría, lavó sus dientes y se miró un buen rato al espejo, sin pensar en nada, solo se miró, y decidió salir a tomar aire fresco, pero su progenitora lo detuvo, cual si fuera un guardia civil se empeñó en no dejarlo salir, si deseaba hacerlo debía comer algo, y ya que su estado no era el mejor, le dio el gusto y almorzó con ella.

Su intento de llegar a la calle le tomó casi dos horas, pero ya se le había olvidado el malestar, al cruzar la puerta se juntó con sus dos amigos y les contó lo que había pasado, luego un dolor de cabeza apareció, pero no le dio importancia.

Mientras tanto, como si fuera algo habitual en el betista original cuando estaba consternado, cuando se sentía mal por algo triste, porque estaba enojado o deprimido, dentro de él nacía la musa más maravillosa que cualquier artista pudiera encontrar jamás, parecía magia, era su momento mundano para crear, claro está que era un vicio personal que compartía con algunos pocos suertudo, y la situación con el Pintor era la causante de su estado y no dejaría que afectara de ningún modo al betismo, porque sabía que ese sería el primer paso para que se alejaran del clan, así como su ser más común, el que lo hacía humano, perder amigos no le gustaba para nada.

Durante esa jornada creó veinte nuevos poemas y una canción, mientras lo hacía pensaba en qué debía hacer, por un lado creía que era mejor dejarlos ir, por otro, no le convencía la idea, sentía que estaban poniendo en tela de juicio su liderazgo, en realidad la cuestión era que lejos de juzgar lo que significaba como líder, lo tomaban de ejemplo y era algo que él, dentro de su ego, no podía ver con claridad, el clan era tan grande a esas alturas que, de una u otra manera, había dejado de ser patrimonio de algunos y había pasado a convertirse en posesión de muchos, significaba nada más y nada menos que el objetivo primordial, el sueño de aquel joven visionario estaba más cerca de hacerse realidad.

Los chicos del proyecto estaban entusiasmados, a pesar de que el Pintor les recalcaba el lado negativo que aquello tenía, aun así pusieron todas sus energías en el nuevo proyecto, primero grabaron algunas canciones y sumaron a algunos betistas como invitados, y al tenerlas listas las presentaron en las reuniones de fin de semana, a todos les gustaron y aunque no eran lo bastante excéntricas para que las tomaran como arte, hasta el Fulgurado dio el visto bueno, el proyecto siguió y el rey, lejos de torturarse sobre qué debía hacer, vio con buenos ojos que compartieran con todos los resultados de la aventura que habían emprendido. Los meses pasaron y habían preparado un disco de doce canciones, hasta hicieron videos, así, de esa idea descolgada y sin sentido aparente nació lo que se llamó entre los betistas «El alter clan», se pusieron el mote de los Chorizos y permanecieron como betistas de alternativa, siguieron su camino y con sus propios objetivos, pero siempre en amistad con el betismo y brindando su apoyo incondicional a su líder, el Fulgurado, quien comprendió que los Chorizos fueron los primeros en entender qué significaba ser betista al cien por ciento.

Capítulo 10
Kvinde-Zenska-Naine

Soy las uñas del rencor
que se clavan en la espalda.
Soy la palabra que hace
y deshace al instante un corazón.
Soy la herida de una noche,
aquella que ya te perdonaste.
Soy el café que tomamos
diez años después
del café con el que nos enamoramos.
Soy el abogado civil
del crimen que me enseñaste.
Soy mil caras tapadas
tras la humedad de la pared.
Soy ese final que te impulsa
a comenzar todo otra vez...

El Fulgurado

En la vida del ser más influyente del mundo que conocemos hoy es necesario hacer un paréntesis a la hora de hablar del amor, no tanto del inexplicable sentimiento comercial, sino de las mujeres en la vida de nuestro personaje, porque no solo del arte y de los planes para dominar el mundo vive el hombre, de esa manera es necesario retratar con palabras, y según el idioma, a las mujeres (Kvinde-Zenska-Naine) que han pasado por su largo trajinar.

El Fulgurado, desde su corta edad, provocaba una gran atracción en el sexo opuesto, por ejemplo, en la escuela primaria era normal ver compañeritas a su alrededor acercándose en todo momento, aunque la mayoría lo hacía atraída por su inocencia, no pasaba desapercibido para ellas.

Más adelante, en la adolescencia, cuando nació la figura del Fulgurado como tal, su carisma nato también afloró y, como si fuera una estrella de *rock* con sus fans, así eran las masas de admiradoras deseosas por adquirir la filosofía del rey.

A pesar de tener todas las opciones de chicas, nunca tomó aquello como una ventaja para aprovecharse de ninguna de ellas, no podía afirmar con entera seguridad por qué lo hacía, si por respeto o porque esperaba a la correcta, pero esa actitud lo enalteció y sumó a la figura de líder un aura de pureza y honradez.

Si bien para los betistas era importante la nueva filosofía que se impartía, también lo era saber que su líder era un ejemplo para la sociedad, en especial para las mujeres, quienes en porcentaje eran más dentro de la población, por lo que, si muchas se sentían atraídas por el carisma del líder, al punto de participar en los ámbitos del clan, se tendrían los oídos necesarios para repartir la palabra.

Para continuar con la historia nos centraremos en cuatro casos amorosos bien diferentes entre sí, que no muchos osarían en conocer, pero que grafican las facetas del rey. El primero de los casos es un amor que todos hemos sentido, se trata del amor de un hijo hacia una madre, amor que a veces es muy demostrado, otras tantas, se mantiene en silencio y se sustenta en las acciones.

Para el rey, la dueña de ese amor era su progenitora, por ella sentía mucho respeto y, cuando lo consideraba necesario, se lo expresaba, ya que era un respeto mezclado con admiración por la fuerza y el valor que ella le había demostrado al haberse hecho cargo de él prácticamente sola; ella era una persona íntegra, un buen ser humano, a pesar de su carácter fuerte; pero él a veces se revelaba ante ella, lo normal para cualquier joven que, por naturaleza, se opone a la autoridad de sus padres, sin embargo, de vez en cuando le seguía el juego para que ella no se hiciera mala sangre y así vivieran con tranquilidad.

Pasaron los años y la adultez llegó, su madre pasaba horas encerrada en su habitación, cosa que no le preocupaba demasiado a su hijo, pues estaba acostumbrado, ya que por años adoptaron esa medida, lo que les permitió que ambos vivieran sin mayores encontronazos, y aun en momentos de soledad, él ayudaba en la casa, como cualquier buen hijo que quería demostrar que estaba ahí para ella.

Más adelante, y como marca la normalidad que nos enseñan desde niños, el rey consiguió su casa y se mudó, el vivir en otro techo no generó un cambio sustancial en la relación entre ambos, el betista original siguió con su ajetreada rutina, aun así, hacía tiempo para ver a su Señora Madre, comían juntos de vez en vez y hasta la fecha siguen cultivando ese amor de madre e hijo y ambos siguen siendo los seres que un día fueron (el humano y el semidiós)

En segundo término fue un amor juvenil el rey tenía la edad de dieciséis años cursaba la materia Electro-Electrónica en la institución, sus compañeros de clase fueron ese grupo de chicos que lo acompañaron desde un principio y quienes seguirían con el Fulgurado y cimentarían el andamiaje del clan, todos se relacionaban muy bien, por ello era común verlos compartir muchos ratos juntos, más allá de las horas curriculares y, de vez en vez, siendo dueños del patio. En una ocasión, mientras jugaban a las cartas con chicos de otras clases, estaban concentrados al ciento por ciento en sus actividades y entretenidos en chistes y bromas de jóvenes de su edad, apareció un pequeño grupo de diez chicas, de un curso de peluquería que allí dictaban, se hicieron notar al salir del pasillo que separaba los talleres de carpintería y tornería del patio, pues sus tonos de voz eran tan altos que era posible escucharlas a varios kilómetros de distancia, causaron un alboroto que distrajo a todos los presentes, atrajeron sus miradas y atención, luego de unos minutos los chicos volvieron a lo suyo, sus compañeras de patio los observaban con atención y comentaban entre sí quién le parecía lindo y quién no, actitud que activó la testosterona que tienen los animales denominados humanos del sexo masculino y estos, cual si fueran simios, comenzaron a actuar de tal forma que era imposible ignorarlos, cada uno comenzó a hacer un esfuerzo mayúsculo para ser el más apreciado.

Mientras los dos grupos se tentaban entre sí, el rey se sentía molesto por toda la insinuación sin acción, su rostro lo reflejaba y, como si fuera un efecto metafísico del universo, su desinterés por la manada provocó que una de las chicas quisiera acercarse.

En su primer intento, sus otras camaradas la detuvieron y adujeron:

—Estás loca si te acercas sola a ese gran número de chicos.

A lo que ella respondió:

—No tengo miedo.

Las chicas insistieron en que no fuera sola.

—Entonces vengan conmigo.

—No, gracias —en un principio la rechazaron, pero, al ver que no cambiaría de opinión, tres o cuatro decidieron acompañarla.

Mientras que se acercaban a los chicos, por la cabeza de la muchacha pasaron un millón de cosas a la vez, era como si la voz en su consciencia se hubiera multiplicado, la juzgara, le reprochara y le advirtiera, todo al unísono, lo que volvió las voces casi inaudibles e inentendibles, la reacción de la chica fue mover su cabeza de repente y con brusquedad para sacar ese ruido de allí, cosa que llamó la atención del líder quien, a pesar de eso, se mantuvo lejano e imperturbable.

La muchacha se acercó a la mesa y volcó un primer comentario que sirvió para que todos rieran, dijo algo de lo atractivos que eran los hombres que jugaban cartas, no era la mejor conversando, pero sí era lo suficientemente audaz y simpática como para tener en sus bolsillos a todos los machos cabríos que estaban a su alrededor; el líder, quién conocía más de la cuenta a las chicas como ella o así lo demostraba, la ignoró de nuevo.

Eso fastidió bastante a la chica, entonces le llegó una idea a la cabeza que no podía fallar, si no podía atraer su atención disimuladamente lo haría de forma directa, así se acercó de sopetón al líder y, sin dejarlo reaccionar, se sentó sobre su falda y lo saludó con una pequeña sonrisa en su rostro:

—¡Hola! ¿Ahora sí me ves?, ja, ja, ja.

La osadía de aquella muchacha rompió por completo la pose rígida del rey, quien no pudo más que sonreír.

—Sí, ahora te veo. ¿Qué haces en mi regazo?

—¿Regazo?, ja, ja, ja. ¿Eres uno de esos cerebritos?

—Tengo cerebro y lo utilizo, si es lo que te preguntas.

—Ja, ja, ja, me parece que eres un gruñoncito, relájate, sé que te caí bien, te reíste.

—Solo esbocé una sonrisa, me pareció particular tu forma de presentarte.

—¿Lo ves? Te caí bien, no puedes negarlo o ¿sí?

—Si te digo que sí me caíste bien ¿dejarás de preguntar?

—Ja, ja, ja, creo que sí, pero debo hacerte una última pregunta.

—¿Cuál sería?

—¿A mis amigas y a mí nos podrías enseñar a jugar a las cartas?

Por un momento hubo un silencio, el rey no sabía si sería productivo ser el educador de unas pobres mentes, pero al ver el rostro de los suyos, quienes prácticamente rogaban con sus gestos, no pudo más que decirle que sí.

Los jóvenes, con la mayor lentitud posible, enseñaron a sus acompañantes el arte del juego de cartas, entre regla y regla corrieron coqueteos de todo tipo, una cosa llevaba a la otra y entre risas y bromas transcurrieron las horas casi sin que ninguno se diera cuenta, hasta que la noche se apoderó del patio, y aunque era normal que cuando jugaban se saltaran alguna clase, en esa ocasión habían olvidado por completo sus responsabilidades.

Al percatarse de lo tarde que era, uno a uno de los muchachos dejaron sus lugares y se despidieron de sus nuevas amigas, cuando le llegó el turno al rey fue difícil convencer a la chica de que abandonara su regazo, ya que parecía haberse acostumbrado en demasía, el líder lo intentó dos veces, pero no obtuvo resultado alguno, solo unas sonrisas de la muchacha que, a esas alturas, no disimulaba lo atraída que se sentía por él, aunque eso poco le importó al líder del clan, pues se levantó de un salto y la muchacha se cayó de su regazo.

—¿Qué haces? —preguntó ella entre asustada y enojada.

—Tengo que irme y pareces no entenderlo, estoy acostumbrado a que se haga lo que quiero, cuando quiero.

—Eres un bruto.

—Deberías probar crecer. Adiós.

Sin decir más emprendió su camino fuera de la institución, la chica lo observó con asombro y con detenimiento siguió cada uno de sus pasos. Aquella jornada había culminado y la chica se sentía algo confundida, ya que había sentido conexión entre ambos, apreciación casi lógica por parte de ella, pero que era errónea, en realidad eso había hecho que el rey huyera, él era el ser supremo de esa existencia mediocre que todos vivían, con benevolencia absoluta compartía su sapiencia y les ayudaba a transitar por el camino sinuoso, en verdad no le daba miedo sentir, no había nada que lo afectara, ni siquiera los instintos animales en presencia de una hembra.

Al día siguiente, el patio se encontraba totalmente desierto, el turno matutino no albergaba a demasiados chicos con ganas de perder tiempo, cuando el timbre de salida sonó para dar entrada al turno vespertino, la institución pareció despertar de su letargo, de nuevo los ruidosos y activos chicos de la tarde se adueñaban del lugar, los de menor edad corrían de un lado para otro con sus particulares chiquilinadas y los más adultos se disponían a sacar las mesas del taller de carpintería para ubicarlas en las distintas posiciones.

Algunos tertuliaban con toda tranquilidad en los cinco minutos que tenían entre clase y clase, otros disfrutaban del Sol en alguna de las paredes laterales, mientras que los betistas empezaban las partidas de cartas, como era la rutina prefijada, y a medida que alguno debía irse a clase, se sumaba alguno de los que observaban desde afuera.

Aquella tarde, las tres mesas de madera estaban llenas de jugadores y en ese tiempo de distracción no hubo señas de las chicas, ninguno de los muchachos lo notó, ya que estaban demasiado inmersos en sus propias actividades; de pronto, cuando el Sol hizo los primeros amagues para perderse en el horizonte, la pequeña y atrevida chica apareció por la puerta ventanal que estaba a espaldas del rey, pero parecía estar un poco más apagada, menos dicharachera, se acercó al grupo de muchachos y solo dijo un «¡hola!» tímido y leve, el rey giró su cabeza y con un gesto inexpresivo movió la misma en señal de saludo, la muchacha se quedó allí, tranquila, muy callada, observando el juego y perdiéndose en otro mundo de vez en vez. Todos notaron el cambio de actitud de la chica, pero ninguno tuvo el coraje de entablar una conversación sobre lo que pasaba con ella, la situación, aunque parecía pasarle desapercibida al rey, había captado su atención, en realidad, su parte humana no podía dejar de mostrar debilidad, aquella mujer de pequeña estatura había logrado que ese ser dentro del majestuoso rey babeara como un púber adolescente pornoquiento.

Luego de un rato, cuando el ambiente estuvo más despejado, el joven prodigioso se levantó de la mesa y se colocó a una distancia prudencial, como si deseara ver la actividad desde un lugar lejano; naturalmente, la chica entendió la indirecta y, sin dudarlo, se acercó para hablar con el hombre que la obnubilaba:

—Hola, ¿cómo estás? ¿Ya te aburriste de jugar?

—Algo así.

—¿Algo así? No entiendo.

—En realidad, vi que estabas triste y quería saber qué te había sucedido.

—¡Ajá! —dijo sin poder contener una sonrisa pícara—. Nada, cuestiones domésticas, digamos.

—Vamos, no hay necesidad de ocultar cosas. Habla, por eso estoy aquí.

—Está bien, está bien, pero vamos a sentarnos, si vas a escuchar debes saber que la historia es bastante larga. ¿No habrás pensado que sería fácil, verdad?, ja, ja, ja.

—Je, bueno, busquemos un lugar.

Los dos jóvenes se fueron a un lugar al final del patio y unos pequeños bancos de hormigón que yacían solos se transformaron en el espacio alejado para charlar con tranquilidad. En cuanto se sentaron, la chica, cual si fuera una ametralladora de palabras y sentimientos, lo acribilló con una catarata incontrolable de detalles y agregados sobre la situación que vivía, le explicó cuánto le costaba coexistir con sus padres, cuánto la agotaba y deprimía, le habló del problema que tenía su padre con la bebida y cómo era víctima del descargo masivo de su furia, de cómo habitualmente prefería salir de ese lugar, aunque eso significara vagar sin rumbo por las calles, también le contó que para su madre ella no existía, tan solo contaban sus hermanos, que la soledad era mala consejera y que, a pesar de que todos la vieran con otras jóvenes, podía decir que ninguna era su amiga, se sentía sola, triste y fuera de la realidad que la mayoría de la gente conocía o interpretaba.

También agregó que cuando los vio a él y a sus betistas no se acercó por ser fácil, como la catalogaban, o porque se sintiera atraída, sino que siempre le fue más fácil relacionarse con los varones que con las personas de su mismo sexo, así expresó una palabra tras otra, de manera incansable y sin que el rey siquiera hiciera un mínimo comentario, y aunque en un primer momento su intención era aportar a la conversación, luego de un rato desistió de su idea y se limitó a escuchar.

Por extraño que parezca, aquella joven mujer lo había cautivado, él siguió escuchándola, aunque estaba harto de hacerlo, y quería irse, no podía. Llegó la hora de marcharse y, a pesar de que no habían pasado más que unas horas juntos, ambos chicos se habían acostumbrado a estar el uno con el otro, parecía que la eternidad los abrazaba; una de las cosas que el rey había deducido de toda la manifestación interminable que la chica había soltado de su interior era que vivían cerca, por lo que ofreció acompañarla mientras se dirigían a sus respectivas casas.

Toda la situación se asemejaba a un verdadero, dulce y repugnante cuento de hadas, de aquellos que cualquier niña del siglo XVI había leído hasta el hartazgo y soñaba en ser la protagonista de la historia, claro está, que la dama no era tal, y el vagabundo mucho menos, se trataba nada más y nada menos del joven que cambiaría el mundo, y una mundanilla del montón, parecía una historia de enamorados difícil de analizar. Cada uno se fue a su casa, conscientes de que había nacido algo entre ellos, estaban conectados química y sentimentalmente, se sentían bien con eso, en sí, eran dos jóvenes enamorados, ¡puaj!

Un nuevo día llegó y, como siempre, aquella tarde los betistas copaban el patio, pero esa vez su líder faltó a la cita, el elegido no había concurrido a la institución, lo cual era muy raro, pero una hora más tarde el Fulgurado apareció, aunque no estaba solo, a su lado, como si fuera un escudero que sigue a sol y sombra a su caballero de flamante armadura, estaba ella, la pequeña y graciosa chica, la situación entre ambos estaba más que clara, a ninguno de los betistas se les ocurrió hacer comentario alguno y mucho menos una broma, ambos se acercaron al grupo, saludaron con naturalidad y se sumaron a la actividad.

Momentos después llegó el resto de las muchachas en busca de su compañera perdida, cual si fuera una comitiva oficial, le dijeron que debía acompañarlas, que una profesora preguntaba de manera insistente por ella, pues estaba preocupada por su ausencia prolongada, situación que no le gustó demasiado a la chica y manifestó su furia por el atrevimiento de aquella señora, quería marcarle el paso, pero casi de inmediato corrigió su postura cuando el betista original le habló y le aconsejó que debía ir para que le explicara a su educadora los motivos por los que se había ausentado y, como si se tratara de un perro a su dueño, ella bajó los humos y le hizo caso, pero antes le dejó a su enamorado un un sombrero rojo con alguna intención extraña difícil de descifrar, el gesto no significó mucho para el rey, aun así lo tomó, pues no quería hacer sentir mal a la chica.

Las horas pasaron hasta que la nueva jornada llegó a su fin, aquella tarde-noche de viernes era beneficiosa para salir a tomar algo y charlar de la vida, así el grupo betista, más algún agregado, emprendió la travesía sin rumbo fijo con la intención de distenderse y divertirse a sus anchas, en ese momento el betista original se acordó de que su amiga no había vuelto por su sombrero rojo y pensó en qué hacer, si ir al salón de clase en donde debía estar la muchacha y devolvérselo o dejarlo tirado a su suerte, aunque era lo que deseaba, no pudo desentenderse de la situación y le pidió a uno de sus seguidores que lo acompañara, aquel que algún día se transformaría en uno de sus edecanes. Subieron las escaleras de hierro pintadas de gris y siguieron hacia el final del pasillo, llegaron hasta el salón en donde la chica veía clases de peluquería, la puerta del salón tenía un vidrio de cuarenta centímetros en su parte superior que permitía ver hacia el interior por allí y mediante señas intentaban comunicarse, pero ninguna de las chicas se percataba de que los dos muchachos estaban afuera, ellos siguieron intentando sin resultado alguno, por lo que decidieron golpear a la puerta, cuando la profesora abrió la puerta y les preguntó «¿qué necesitaban?», por un momento no supieron qué contestar, pues a pesar del trato tan cercano que el rey había tenido con la chica, no sabía su nombre, nunca se lo había preguntado, cuestión que complicaba las cosas, porque no sabía a quién buscaba y no supo qué decir.

—Bueno, ¿alguno de los dos va a decir algo? —dijo la mujer.

—Sí, disculpe —dijo el futuro edecán—, estamos buscando a aquella muchacha que está allí —dijo señalando con el dedo.

—¿No saben su nombre? ¿La conocen?

En ese instante la chica apareció e interrumpió la conversación:

—Espere, profesora, yo los conozco, descuide.

—Bueno, entonces no demores mucho.

—Sí, en un momento vuelvo a la clase.

Cuando la profesora estuvo lo bastante lejos para escuchar, la chica salió del salón para conversar con mayor tranquilidad.

—¿Qué hacen aquí? —preguntó la chica sin disimular lo alegre que se sentía al ver al muchacho que la desvelaba.

—¡Alto! —gritó el acompañante del rey.

—¿Qué pasa? ¿Por qué gritas?

—Nada, solo creo que debemos saber tu nombre —dijo señalando con el índice a la muchacha.

—Ja, ja, ja, es verdad, no saben mi nombre, ni siquiera tú, osito —le dijo al rey—. Mi nombre es K.

—¿K? Eso no es un nombre. ¿Por qué eres tan rara? —preguntó el betista original—. ¡Y no oses llamarme de esa forma estúpida otra vez! ¿Me escuchaste?

—Sí, sí, discúlpame, no te ofusques, no era mi intención ofenderte. Ese es mi nombre: K, con eso basta, ¿para qué más? Bueno, díganme, ¿a qué vinieron?

—Aquí tienes, te olvidaste de esto —el rey estiró el brazo y le entregó el sombrero a la chica.

—¡Mi cachucha! ¡Gracias! ¡Eres un amor! —dijo y se colgó del cuello de su amado y lo apretujó hasta incomodar al rey, él, al darse cuenta de la exposición a la que estaba siendo sometido, se la sacó de encima con algo de brusquedad.

Ambos chicos se despidieron y se fueron rápido, el rey se había sonrojado, su compañero lo advirtió pero, por respeto, no bromeó ni le hizo pasar un mal momento con el tema, K los siguió hasta que los dos dieron vuelta al pasillo y desaparecieron de su visual, ella se quedó allí un momento pensando en cómo se sentía y de pronto tuvo muchas ganas de reír.

La noche de aquel viernes fue una de esas que quedan en la memoria, de las que a posterior arrojan historias, se divirtieron, tomaron alcohol en grandes cantidades y cantaron toda la noche, durante todas esas horas, ni por un momento llegó a la cabeza del betista original cómo estaría K, pero en cuanto todo llegó a su fin y tuvo que recorrer algunas calles en soledad para llegar a su casa, no pudo parar de pensar en ella, le gustaba y mucho, claro que nadie se enteraría cuánto, pues si había algo que sabía hacer muy bien era disimular lo que pasaba en su interior.

Las semanas transcurrieron con normalidad y la relación entre los dos chicos crecía cada día sin que tuvieran que decir nada, ambos sabían que nunca llegarían a nada más que a amigos con derechos, pero bajo ningún concepto, nada de lo que pasara, ni cuánto gustara uno del otro, llevaría al compromiso, en ninguno de sus parámetros.

En una de esas caminatas que realizaban juntos rumbo a sus domicilios se dieron cuenta de que habían tomado un camino equivocado, se habían enfrascado de tal manera en la conversación que erraron de calle, en realidad el pueblo no era tan grande como para estar muy lejos de sus destinos, pero sí estaban lo bastante alejados como para recorrer algunas calles demás.

En su camino dieron con una fábrica abandonada y lo eligieron el lugar para estar carnalmente unidos por primera vez, aunque la locación era menos romántica de lo que cualquier mortal se pudiera imaginar, ambos estaban nerviosos. Claro que el rey parecía no tener un ápice de sensación, mientras tanto, K temblaba, estaba nerviosa y temerosa de aquel muchacho frío y lejano.

Todo comenzó muy lento, suave, cariñoso, pero en poco tiempo se dejaron llevar por la pasión irrefrenable y sus instintos no tuvieron límites, las horas pasaron como si fueran segundos, ninguno de los dos se dio cuenta del tiempo transcurrido, los primeros rayos de luz se asomaron en el horizonte, ambos cuerpos temblaban de frío, ella estaba sentada en el regazo de él y lo miraba fijo a los ojos, como si deseara perderse en su mirada, sin decir nada, ni una sola palabra, él la tomó de la cintura y con un movimiento lento la levantó y se la sacó de encima, esa actitud algo desmedida y nada cariñosa desconcertó un poco a la chica, fue como si hubiera sido usada, y luego de servir para el fin que el muchacho quería, era descartada sin más.

Ambos se vistieron en silencio, ella lo miraba, tan solo eso podía hacer, quería decir algo que la dejara más tranquila, pero nada salía; él, de reojo, notó su incomodidad, pero nada hizo para calmarla, en realidad, no era más que un pequeño cariño lo que sentía y no podía dejar que ella se enamorara, lo que él no entendió en ese momento era que eso ya había pasado.

El retorno fue el ejemplo práctico de la distancia entre dos personas, el rey betista no emitió palabra alguna y a ella, más de una vez se le corrió una lágrima, no entendía qué había hecho mal, como si esa fuera la causa de su reacción, durante los veinte minutos que caminaron se lo preguntó una y otra vez en su cabeza, pero nada le daba la respuesta que ella esperaba. Al llegar a la casa del betista original se despidieron como si nada hubiera pasado algunas horas atrás, él le dio un pequeño beso en la mejilla mucho más tierno de lo que K podía esperar, y ella se lo devolvió con un beso apasionado en la boca, el betista, lejos de estar entusiasmado con la demostración, parecía estar incómodo con lo sucedido, como si se arrepintiera.

Las semanas siguientes se transformaron en idas y vueltas constantes, cuando se tenían ganas el uno al otro parecían dos tortolos enamorados, el resto, eran simples desconocidos, al punto de estar a unos metros y ni siquiera mirarse, característica que se extendió por muchos meses, claro está que, debido a esa forma de tratarse y que ninguno de los dos estaba dispuesto a exigir más, poco a poco todo se fue diluyendo, fueron perdiendo el interés, la química y la adrenalina.

Luego de terminar, ninguno de los dos sufrió, cada uno siguió con su vida, no descartaron los encuentros casuales, hasta que K encaminó su vida, se casó y tuvo hijos, detalle que los alejó por completo, pero sin olvidar la aventura y esbozar una cálida sonrisa.

El tercer acto corresponde al amor de la adultez, ese amor que se vive en la edad en la que todo en la vida pasa por hacer las cosas que la maldita sociedad marca para cada uno de los mortales existentes en la faz de la Tierra, claro que la regla solo aplica en los comunes y ordinarios seres, no en semidioses, como se podía considerar al Fulgurado.

La mujer en cuestión tenía unos veintitantos años, igual que el rey, procedía de una ciudad lejana, a unos doscientos kilómetros del pueblo de los betistas, era estudiante de una de las carreras clásicas y provenía de una familia acaudalada, sus padres eran letrados y gozaban de un gran renombre, ella solo cumplía con el deseo de sus progenitores y completaba sus estudios en Derecho en la capital, cosa que era casi un deber para cada miembro de su familia. A pesar de la lejanía de su ciudad natal y de su familia, la chica gozaba de todas las comodidades que el dinero pudiera comprar, tenía un apartamento alquilado y pagado por sus padres, el surtido mensual para su alimentación y lo necesario para cualquier gasto que debiera pagar en su carrera.

La chica era bastante responsable, repartía su día entre las clases en la facultad, algunas horas de estudio, otras tantas en «el consumidor de mentes cibernéticas» (inter...) y salidas con alguna amiga de la capital.

Era muy normal verla en algún *pub*, lugar en donde se juntaban chicos de todas partes del interior del país, esos establecimientos de moda aprovechaban la gran migración de jóvenes hacia la capital para estudiar o trabajar y los reclutaba mediante música y decoraciones que les hicieran rememorar su lugar de origen. Ella era una chica muy tranquila, algo insegura, pero con una charla muy interesante, en realidad era una persona muy inteligente, aunque su aspecto físico le hacía sentir una gran inseguridad, lo que la llevaba a sumirse cada vez más en sus responsabilidades y no tener mucho contacto social, así su computadora se convirtió en una extensión de su cuerpo, ya que eran muchas las horas las que le dedicaba para cumplir con las tareas curriculares, horas que también utilizaba para generar vínculos con personas, lo hacía a través de un programa informático, en donde los participantes, con nombres inventados, se relacionaban con otros integrantes del grupo, allí podían hablar en un espacio genérico para todos o hacerlo por mensaje privado con el usuario que cada uno eligiera, había cualquier tipo de personas y con los gustos más variados sobre la faz de la Tierra.

Esa era una forma sencilla de charlar con alguien, de evitar los momentos incómodos y los malos ratos. Un día, en ese espacio cibernético, estaba el rey y, se preguntarán, ¿qué hace un ser supremo en un espacio tan mundano? Bueno, es muy fácil de explicar, en realidad, el betismo es un movimiento que ostentaba con llegar al mundo entero, entonces estaban en aquellos lugares en donde la modernidad marcaba la interacción social para así tener el control de la realidad.

Una noche algo fría de otoño, M, así se llamaba la chica, se conectó como lo hacía habitualmente para ver si, por primera vez en meses, tenía suerte y encontraba una persona coherente para charlar un rato. Unos minutos después de que su *nickname* estuviera activo comenzó a buscar en la larga lista de sesenta participantes que tenía La Sala —nombre dado al espacio de comunicación virtual creado con una característica particular— y cuando llegó al usuario del rey se detuvo de forma abrupta y, sin pensarlo demasiado, le mandó un mensaje privado.

La charla que el betista original tenía con quien se comunicaba con él era más bien un interrogatorio de prueba para rescatar a los hombres y a las mujeres más inteligentes, el porcentaje de rescatables en esos lugares era bastante mínimo, pero cuando uno aparecía, recompensaba las horas transcurridas dentro del ciberespacio.

M demostró tener todas las cualidades para ser una betista, sobresalía su perfil psicológico, si bien había ido con el psicólogo pocas veces, era una paciente potencial, y el estar casi loca la posicionó en el lugar para ser betista, su forma de ser ayudó a que la conversación fuera más fluida, que ambos se desinhibieran y que disfrutaran de la misma.

Ese primer encuentro virtual fue tan fructífero que la charla se repitió en los días siguientes, en cada jornada eran muchas las horas que transcurrían juntos y era claro que no solo les gustaba por el hecho de que los temas fueran interesantes, sino que habían generado un nexo, caso extraño para el rey, debido a su machismo y que no esperaba encontrar tal inteligencia en una mujer.

Más allá de la conexión intelectual, comenzaron a gustarse como dos jóvenes cualquiera, y aquellas charlas casi protocolares que solo osaban en rondar con aspectos de carácter formal, se abrieron a los temas de la vida, a sus opiniones, a sus gustos y a rasgos más profundos, tanto que pronto arreglaron para verse y tomar algo juntos, para sorpresa de ambos en aquella primera cita todo estuvo extremadamente bien, se atrajeron mucho, el rey estuvo a su lado más normal que nunca, más mundano y menos rey, ella, al instante, se enamoró perdidamente de él, como esas cosas ya dichas por muchos dentro del ámbito de la cursilería, «amor a primera vista» o algo así.

El verse se hizo costumbre, y cuanto más se conocían, más cerca del betismo estaba la joven, el betista original dejaba fluir las cosas y con un poco menos de rigidez, cualquiera que lo conociera podía decir que había bajado la guardia, cuestión que era poco probable, ya que el creador del betismo jamás lo haría, pasara lo que pasara.

Ese vínculo profundo entre ambos generó celos en algunos betistas, quienes manejaban la teoría que el líder se había ablandado y que no prestaba atención al clan, aunque no eran un grupo importante de personas, pero dentro del betismo no estaba permitido difamar al rey betista y mucho menos dudar de su capacidad innata de mando. Entonces, el rey les aplicó una medida ejemplar y excluyó del grupo a esos vestigios de traidores y, mientras los pequeños bullicios pasaban, el betista original se dedicó a vivir su experiencia mortal, no era que se había olvidado de sus responsabilidades ni de lo indispensable que era para tanta gente, sino que sabía bien que el éxito de todo ese enorme proceso de transformación mundial llamado betismo, basaba el mismo en la fluidez que sus miembros podían darle y era normal que el Fulgurado los dejará libres, era una forma de probarlos casi de forma constante.

Los dos jóvenes enamorados, mientras se conocían más y más y su relación se afianzaba, compartían muchas cosas, realidades, visiones políticas y gustos, lo que los llevó a que muy pronto anduvieran juntos, siempre que el tiempo se los permitiera, en un principio se veían de dos a tres veces por semana, y luego le agregaron un día más, los días que no faltaban para compartir eran los fines de semana, en ese lapso de tiempo desaparecía la rutina de la semana, dejaban de estar atrapados en el trabajo y en el estudio, y cada uno era lo que quería ser, sin complejos, sin ataduras y sin prejuicios.

Cualquier mundano podía creer que estaban destinados a estar juntos. Un día, un golpe de fortuna ayudó a que su tiempo juntos se transformara en convivencia, la anécdota comienza con una señora muy mayor, la cual aparece de alguna manera en la vida del rey, esa mujer, lo que tenía en años lo cargaba en inteligencia, amabilidad y buen trato hacia los demás, era muy agradable, de esas personas a las que vale la pena escuchar, parecía que para cada acto cotidiano tenía una historia que encajaba perfecto con la situación.

Esa forma de ser del betista original, por un lado, un joven humano y sensible dentro del rey y, por otro lado, cautivo de alguna manera al ser superior, lo llevó a hacerle alguna visita a la señora de vez en cuando, tomar un té con ella y obtener ambos un rédito, él una charla amena con alguien centrado e inteligente, y ella algo de compañía para combatir su larga soledad.

Fueron varios meses en los que el pacto invisible que habían contraído se cumplió a rajatabla, casi a la perfección, hasta que la señora empezó a decaer en salud, una enfermedad la atacó muy rápido e igualmente se la llevó, dejó a los pocos vecinos y conocidos totalmente sorprendidos, pasó de un estado vivaz, a ser enterrada como si nada.

El entierro graficaba una escena muy triste, depresiva, solo tres o cuatro personas acompañaron a esa mujer tan encumbrada e interesante, uno de los que la acompañaba era el rey que, a pesar de no conocerla mucho, había entablado un vínculo estrecho con ella, la ceremonia rondó los cánones normales que marcaba la Iglesia católica, a pesar de que el betista original no creía más que en sí mismo, todo lo protocolar duró poco, el Fulgurado estuvo tentado en decir unas palabras, pero como se conocía rebelde y contestatario, no deseaba faltarle el respeto a su amiga ni a los presentes.

Así, sin más, culminó la vida de aquella mujer, pero para el resto siguió adelante, como si al mundo no le importara quién está y quién no. Pocas semanas después, la sorpresa para el rey fue mayor, cuando se enteró de que la señora le dejó una casa por herencia, sí, aquella donde él iba a tomar té de vez en cuando, y esa fue la oportunidad para que pudiera compartir la vida con su enamorada.

Los dos jóvenes no demoraron en decidirse y en poco tiempo mudaron sus respectivas cosas para la nueva casa, todo comenzó perfecto, como una verdadera historia de amor de las películas más conocidas y cursis, compartían muchas charlas, momentos, mimos, sí, mimos, aunque no lo parezca seguimos hablando del rey betista, hacían las compras juntos, miraban películas y programas de televisión, de vez en cuando invitaban amigos y realizaban reuniones sociales, tenían un grado de normalidad y de acatamiento al sistema preocupante, si tenemos en cuenta que esos dos seres se acercaron y se gustaron por compartir la filosofía y las ideas de lo que sería el nuevo orden mundial.

Un tiempo más siguieron de esa forma, pero no lo suficiente para que su castillo de naipes se cayera de forma estrepitosa, pues mientras que el betista original jugaba a ser humano, el clan manejaba las cosas a su manera. Las bases estaban tan sólidas y las personas tan organizadas que hasta el más nuevo sabía qué hacer y dónde ubicarse para ser más útil, es decir, ya era incalculable el alcance del clan, llegaba a todos los rincones y se parecía cada vez más a aquel movimiento que el chico, ahora líder, había soñado y les había transmitido con tanta claridad.

El tener todo como él sabía que estaría le permitía salirse un poco y vivir en la normalidad, pero con su tercer amor lo que produjo fue el declive, el ser normales no era para ellos, ser bichos raros, especiales, anormales, era lo que habían sido toda su vida, ¿por qué intentar adaptarse? ¿Qué les hizo pensar que sería fácil? Un día empezaron los roces, en un principio por cosas lógicas, ya que los padres de la chica no aceptaban que su pequeña, su tesoro, compartiera una casa con un inadaptado social, por lo que enviaban decenas de surtidos con alimentos, por el miedo a que ella pasara hambre, luego distintos implementos para la casa, cosas efímeras, pero que para sus reducidos cerebros cubrían necesidades de vida, todo eso con la intención de tener algún tipo de poderío económico sobre ellos, cuestión que enfurecía al rey y al enfrentarse a la situación solo obtenía reproches de su compañera de vida quien, a pesar de estar en contra de sus progenitores, sabía que seguían siendo su familia.

Eso fue solo el principio, no terminó allí, los padres de la chica tenían la intención de desestabilizarlos como pareja, y por momentos lo lograban, con el tiempo la chica comenzó a desprenderse de su Yo pensante y se convirtió en lo que una vez odió, en un maniquí consumista y sin sentimientos, parecía que nada le importaba, generaba discusiones hasta por un plato fuera de lugar, lo que alteraba los nervios del betista al extremo, para una persona así, acostumbrada a tener todo bajo control, era inadmisible esa actitud, luego de eso llegó el final, el simple y mortal intento de meterse en el clan quedó allí, a la chica hasta le molestaba que su pareja hablara del mismo, que se juntará con sus súbditos, hasta que el Fulgurado volvió a tener el control de su cuerpo, minimizó a su Yo mortal en el rincón más efímero de su ser, casi al punto de eliminarlo y destruirlo, rompió el sentimiento que vivía en su corazón, lo partió en mil pedazos y, de nuevo, le dejó lugar al raciocinio con el que tan bien se llevaba.

Dos días más duró ese amor de telenovelas, todo terminó con una fuerte discusión, en donde la chica salió claramente derrotada y el rey la echó como un perro, sin misericordia alguna, luego se encargó de hacerle llegar sus cosas y no supo más nada de ella, al contrario, ella contactó con gente cercana a quien había sido su amor solo por la enorme manía de preocuparse por el otro que lejos estaba de ella, intentos que anularon todos y cada uno de los que contactó, ya que nadie le sería infiel a su líder y menos por una chica pobre de cabeza y sin principios, todo eso fue un suspiro que llenó sus pulmones, solo eso fue, un cuento casi lindo que contar.

En memoria de M., casi betista.

Número 4

N. R. C., tres letras que a simple vista no dicen nada, y es verdad, para el noventa y nueve por ciento de personas que lean esto no significará nada, pero para la persona importante, para nuestro protagonista, quien ha compartido y comparte en la actualidad efímera los momentos, los avatares de la vida, los idas y vueltas, los sí y también los no, los bajones y las alegrías, quien entendió a quién tiene a su lado, comprendió al ser especial con quien comparte la vida y eligió seguir adelante con él, y viceversa, recluyéndose cuando lo necesita, buscando consejo, complementándose, caminando, cambiando y mutando juntos para hacer un mejor lugar para todos.

En pocas palabras, N. R. C. es lo que pocas personas definiríamos como las consecuencias del clan, pero muy claras para cambiar el mundo, y aunque parezca poco lo que aquí se dice de ella, es tan solo porque cuando uno tiene todo lo que para el Fulgurado se debe tener, no hace falta decir más, el mundo es tuyo.

Capítulo 11
El susurro del «nunca nombrado»

Si el silencio me ayuda esta noche,
abrazaré fantasmas,
de esos que recorren
los pasillos de los hospitales,
esos que deambulan
buscando alguien que les regale
un trocito de la vida que tuvieron.
Esta noche,
si la soledad paga la cuenta,
los invitaré a embriagarnos de ausencias,
a beber el amargo licor de la nada,
brindaremos por nosotros
que estamos con un pie aquí
y otro en ninguna parte...
Si nos dejan,
coparemos las pesadillas de otros
atravesando paredes de ensueño,
desordenaremos memorias,
haremos jugarretas tras los espejos
y cuando despunte apenas el implacable amanecer
seguiremos viviendo nuestras no-vidas,
mojados de silencio,
amando lo que no tenemos.

El Fulgurado

¿Cómo nombrar a una persona que no queremos? ¿Cómo hacernos la idea de que alguien existe cuando no es nadie para nosotros? Son preguntas casi sin respuesta o, al contrario, con un millón de ellas, al menos una respuesta tendría cada persona existente en este mundo.

La clave no está en centrarse en la respuesta, sino en la pregunta o, mejor dicho, en ¿por qué nos hacemos este tipo de preguntas existenciales? Otra pregunta con miles de respuestas, tal vez tantas como personas haya. Es lógico hacernos preguntas desde pequeños, nuestro recurso primordial a la hora de aprender es preguntar y preguntar hasta el borde del hartazgo, aun así lo importante de la vida siempre nos queda sin resolver y volvemos en silencio hacia nosotros a preguntarnos ¿hacia dónde vamos? ¿Para qué vinimos a este mundo?

Todo ese palabrerío interminable y cuestionamientos pueden surgir en primera instancia por miedo, ¿a qué?, se preguntarán, a casi todo, a que los planes se caigan, a que salgan demasiado bien, a que algo peor llegue o a que no salga, en fin, por miedo a la ignorancia, por simplemente miedo.

Parece que todo concluye ahí, en el miedo, nos volvemos menos personas cada vez que lo tenemos, no nos permite avanzar, nos vuelve dubitativos, nos destruye por dentro y mata a personas cercanas a nuestra vida.

Eso no pasaba con el rey betista, era el ejemplo viviente de la perfección absoluta del ser humano, tal vez su Yo interior ya sepultado era normalmente débil, pero él no podía darse ese lujo, no podía demostrar flaquezas, ese semidiós que creó el gran pensamiento ideológico, como era el betismo, no sentía dolor físico ni emocional, no creía en el miedo, era un témpano racional de objetividad, de creencia en sí mismo y de todo lo que cambiaba a su alrededor gracias a él.

Esa forma de ser era la base, en todo el envase pasaban diferentes cosas, estaba su Yo humano que era muy humano, débil, temeroso, con dudas, una persona con todas las normalidades, no destacaba más allá de la media, lo cual no tenía nada de malo, la mayoría de los que existen viven en esa pobreza de espíritu, se pelean con una constante rutina que ellos mismos generan, también existía en él ese lado oscuro que todos tenemos, el que lo llevaba a perder el control, cosa que no pasaba a menudo, pero cuando sucedía, las reacciones que se podían ver sorprendían a todos, esa parte oculta componía a ese ser superlativo que era el Fulgurado, aquella que escondía todos sus secretos, desde los más profundos y peligrosos, como algunos otros más efímeros y sin relevante importancia, un ejemplo de ello era su segundo nombre, aquel que le dieron al nacer, pocos tenían el honor de saberlo, se mantenía bajo estricto protocolo de silencio, y si alguno de los que lo sabía hablaba de eso, era expulsado del clan, claro que ninguno osaba romper esa regla, el rey inspiraba mucho respeto y todos sabían que él cumplía con sus amenazas.

Un día, parecía que pasaría sin pena ni gloria, como suele decirse, pero algo marcó la historia, no del clan en sí, sino de la persona propiamente dicha, el Fulgurado en todo su ser.

Una llamada alertó al Fulgurado de lo que iba a suceder, al atender no imaginó lo que una voz masculina le diría desde el otro lado de la línea, un señor cincuentón llamó para avisar a los familiares que el «nunca nombrado» había fallecido, las causas y los detalles los reservaremos para los protagonistas.

¿Quién era él «nunca nombrado»? Era aquel que una vez abandonó a su familia sin dejar rastro alguno, dejó a una madre soltera y temerosa con un niño en camino, era esa persona a la que el rey había desterrado de su vida y de su pensamiento desde que tuvo uso de razón, era su progenitor, porque para ser llamado «padre» faltaban muchas cosas.

Al recibir la llamada sobre el deceso del señor fue un momento difícil, no solo por la cantidad de situaciones dolorosas que volvieron a salir a la luz, sino por el no saber qué hacer; no era una persona querida para el rey, era su padre, pero nada más, entonces ¿debía tener la misericordia que no poseía y asistir a la última morada de ese señor desconocido para él? o ¿dejar que se fuera solo? Tal y como los dejó él cuando más lo necesitaron.

El carácter que había forjado el hombre a esas alturas para convertirse en líder, lo había llenado de frialdad, de desapego y de firmeza, y aunque muchas veces flaqueaba, por más que no lo reconociera, no estaba en él ser un semidiós bondadoso, pero debía pensar en su Señora Madre, quien era una parte fundamental en su vida, a quien amaba profundamente por haberle dado todo su confort, seguridad y bienestar, por ella decidió ir a esa última morada, tal vez no de manera física, pero sí estar allí.

Lo ceremonial transcurrió dentro de lo habitual, personas que lloraban, otras que no encontraban explicación, cosas comunes dentro de la muerte de una persona, una infinidad de veces se escuchó lo bueno que era el fallecido, seguro era gente que no lo había visto en años, pues basta con estar muerto para volverse una persona de bien, la hipocresía que rodea al acto funerario es de unos niveles calamitosos y, aunque no podemos dar mayores detalles, como ya se los he manifestado, es tan habitual en esa situación que grafiquen a la persona, aplica para cualquier otro muerto, lo único que cambian son los actores.

El rey pasó ese protocolo por alto, ya que no iba a soportar vivir ese grado de bajeza humana, la única forma en que lo vieran en algo así sería que quisiera burlarse de los presentes o mostrar respeto, sobre todo a sus amigos, pero todo continuó dentro de los parámetros normales, llevaron el cuerpo al cementerio para que sus familiares, conocidos y amigos dieran su último adiós, allí, a lo lejos, pero muy lejos, el hijo observó a aquel hombre dejar el mundo de los mortales y emprender su camino bajo tierra. El elegido envió con uno de sus edecanes un montón de tierra que había pisado y se alejó del lugar, era la forma de demostrarle al muerto que estaría por encima de su ser el resto de su eternidad.

Al joven, quien se acercó al pozo y tiró el puñado de tierra negra, de la mejor del pueblo, lo carcomía la duda por saber de quién se trataba, jamás osaría a preguntar, ya que los betistas de más confianza para el rey hacían ese tipo de trabajos, rápidos, extraños, sin preguntas y con directivas muy precisas, pero la intriga era enorme, el caso superaba todo lo visto o conocido, a pesar de ello, se aguantó, hizo su trabajo y se retiró de forma rauda del lugar y ante la mirada atenta de todos los presentes.

El muchacho debió volver solo debido a que el Fulgurado se había marchado, durante el trayecto de regreso no dejó de pensar en lo que se le ordenó hacer, en ¿quién sería el fallecido?, en ¿por qué le generaba tanta ira al rey?, en ¿por qué le había tirado tierra a la tierra?

Cuando ya se encontraba cerca de la ciudad, dado que el cementerio quedaba a las afueras de esta, recibió un aviso de una reunión urgente de la cúpula en el lugar donde se juntaban de manera habitual, el último trayecto lo hizo corriendo, sabía bien que no toleraban tardanzas ni demoras en esas reuniones, fuera cual fuera la excusa. Así que intentó recuperar el aliento lo más rápido posible, ya que estaba muy agitado, entró al lugar de reunión, allí estaban todos, el betista original estaba a la cabeza, parecía como si lo estuviera esperando, cosa que lo sorprendió mucho, pensó «¿qué había hecho mal?», un sudor frío le corrió por la espalda, tragó saliva y en cuanto estuvo preparado para disculparse, el Fulgurado lo interrumpió:

—Antes de que alguien pregunte el porqué de esta reunión, he decidido decirles, y quiero que este tema no salga de aquí, es decir, queda terminantemente prohibido hablar de ello, inclusive entre ustedes, ¿he sido claro?

Todos respondieron con una afirmación fuerte y clara.

—Proseguiré entonces, como muchos de ustedes sabrán, el día de hoy mandé a realizar un trabajo muy personal, los detalles no importan, lo que me imagino que querrán saber es quién era el fallecido, bueno, eso se los contaré, esa «persona», si se le puede llamar así, era mi «padre».

Un silencio se apoderó de todo el lugar, era como si el tiempo se hubiera detenido, nadie quería mirar a su costado ni entablar contacto visual con ninguno de los presentes, el rey los miraba uno a uno, como confirmando la orden expresada, luego se sentó en su lugar y pidió que sirvieran alcohol para todos.

En ese momento el tema se dio por terminado, a pesar de que afectó a todos, no era insignificante que el progenitor del encargado de cambiar al mundo al fin apareciera y justo el día de su muerte, y aunque muchos sabían que había un padre por ahí, jamás esperaron lo sucedido. Para el betista original no significó nada, solo agrietó un poco más su corazón mortal, lo endureció como persona y lo ayudó a concluir con un ciclo, ya que saber que tenía un padre en algún lugar, lo hacía sentir con un cabo suelto.

Los betistas presentes en la reunión olvidaron el tema, no lo hicieron porque fue una orden del rey, lo hicieron por él, por su necesidad de olvidar, así que, por el cariño que le tenían a su líder, se tomaron ese pequeño permiso. Todo terminó ese día de abril de 2003, aquel parentesco padre e hijo que los unía era solo tierra, y esa relación que nunca inició, tuvo un triste final.

Capítulo 12
¿Cuántos hombres fue el hombre?

Son las tres de la mañana,
es apenas mi momento de escapar
a soñar mundos,
lejos de aquí.
Lugares donde ni siquiera soy yo
ni la fiebre ni el ardor me pueden hacer volver,
pero tu abrazo
es tu abrazo.
Y soy tan humano
como cualquiera
que mira el mundo de estrellas
que nos aguarda
para soñar
o para vivir.
Con un pie en este mundo
y otro en aquel,
son las tres de la mañana
y el humo dibuja
incógnitas en la pared
que no se responderán jamás,
porque en la vida real
no existen las respuestas
y las sombras son solo eso.
Apenas son las tres.

El Fulgurado

Aquella noche de verano el líder betista no pudo dormir con tranquilidad, nunca le había pasado, pero las pesadillas se adueñaron de su pensamiento.

Cuando el reloj marcaba las cinco y treinta de la mañana, se despertó de manera abrupta, todo su cuerpo estaba bañado en sudor, su respiración estaba entrecortada, tenía una clara sensación de miedo, su cabeza giraba de un lado al otro, como buscando algo que no aparecía, poco a poco intentó calmarse, trató de tomar grandes bocanadas de aire y de llenar sus pulmones, trató de estabilizarse, apoyó su cabeza sobre la almohada y con ambas manos sacudió su cara y se sacó toda el agua que ella tenía, suspiró varias veces, como si así fuera a encontrar alguna respuesta, le molestaba que no recordaba qué lo había puesto de esa manera, qué sueño tan macabro llegó a su mente que le hizo sentir terror.

Para alguien con tanto poder, el sentirse vulnerable no era nada fácil, por eso intentó no dramatizar lo que pasaba y lo tomó como un hecho casual, pues no se acordaba de nada, así que no debía preocuparse. Cuando estuvo más tranquilo y luego de mirar media hora el techo con su mente en blanco, sus ojos se volvieron a cerrar.

Exactamente tres horas después, y como si fuera un *déjà vu*, su cuerpo se impulsó de un salto y quedó sentado en la cama, con desesperación miró para todos lados, se sentía extraño, no había sido algo insignificante ni un hecho aislado, pensó que su subconsciente le estaba dando un aviso, pero ¿qué podía ser?, no recordaba nada, pensó en alguna secuela psicológica, cuestión que descartó de inmediato, «¿qué podía ser?», se preguntaba de manera reiterada, la duda lo carcomía, como si nada hubiera pasado, no recordaba sus pesadillas, entonces se levantó rumbo al baño para darse una buena ducha que le recompusiera la cordura.

Decidió disimular, como era habitual cuando tenía un problema, estaba preocupado, quería saber, pero entendía que lo mejor era controlar la ansiedad, desayunó en silencio, aunque con eso en la cabeza, no podía volverse loco, no en ese momento. Se sentía cansado, no dormir bien le había afectado el humor, a pesar de ello tenía que salir de su casa, no podía estar allí, no hasta que su mente se aclarara, así que salió con total normalidad a la plaza del pueblo, solo con la intención de estar allí, de encontrarse con algún betista, de charlar si era necesario y dejar que el día transcurriera.

Al llegar a la plaza no vio a ningún integrante del clan, por lo que pensó que sería mejor idea tomar un poco de alcohol, eso siempre lo relajaba, caminó una cuadra de la plaza hacia el este y, allí, en una esquina, estaba el bar El Patriota, se acercó y se ubicó en una de las mesas de plástico que se encontraba al borde de la pared externa, era un sitio bastante incómodo, la mesas no eran de la mejor calidad, siempre parecían pegoteadas, a pesar de que el mozo del lugar se esmeraba mucho en su limpieza, además, era molesto soportar a la gente que caminaba por la vereda y que de vez en cuando pechaba por el poco espacio.

Se sentó con mirada atenta, expectante de que algo pasara, como investigando el panorama, de inmediato, el mozo, un hombre de cierta edad, canoso y con lentes cuadrados y gruesos, llegó con su característico paño y prácticamente pulió la mesa, mientras escuchaba el pedido con atención, luego se retiró y él volvió a su profundo pensamiento, quien lo veía creía que estaba en un profundo trance.

El mozo le llevó el líquido dorado con dos cubos de hielo muy rápido, en unos minutos pidió el segundo, ese le duró un poco más, y el tercero lo acompañó durante horas, tomaba y tomaba del líquido y observaba fijo un punto en el universo, un punto perdido, más allá de lo que su vista humana podía ver. De pronto tuvo hambre y decidió comer algo allí mismo, el menú que eligió fue pizza, siguió ahí hasta casi las tres de la tarde.

Por momentos le parecía raro no encontrarse con nadie del clan, pero se percató de que era una hora muy temprana, una hora en la que rara vez se le podía ver, pagó y, como si algo importante hubiera surgido, caminó lejos del lugar rumbo a su casa, a unas doce cuadras en dirección suroeste.

El cansancio y el alcohol tuvieron su efecto, se sentó en su sillón de tres cuerpos, recostó su cabeza en uno de los respaldos y se durmió al instante, no fue mucho el tiempo que pasó, a pesar de ello, le costó bastante estar consciente de nuevo, se paró, refregó sus ojos y se dirigió hacia la cocina a tomar un poco de agua, estuvo un buen rato con la heladera abierta, colgado y observando fijo la luz de adentro, en cuanto salió del trance, miró por la ventana y observó que la noche había llegado, dudó un momento y luego se acostó en la cama para descansar.

La mañana siguiente amaneció de la misma manera, su cuerpo escurría agua, durante la noche sudó lo suficiente como para mojarse y mojar toda su cama, no recordaba nada, pero no se sentía tan sobresaltado, medio malhumorado tomó las sábanas, las sacó de un tirón y las puso en la lavadora, se preparó una taza de café caliente y bien cargado, y se limitó a sentarse a pensar, no sabía qué había soñado, eso lo atormentaba, ya que no lo podía controlar. Ese día decidió quedarse en su casa, tomarse un poco más de tiempo e intentar encontrar la solución al problema, a medida que el tiempo transcurría, más lograba encontrarse y relajarse.

Mientras tomaba su tercera taza de café sus ojos se volvieron a cerrar, parecía que su cuerpo lo forzaba a estar entre sueños, el café caía hacia el piso a través de su pierna derecha y formaba un gran charco de líquido oscuro y caliente, a pesar de ello el Fulgurado ni siquiera se movió de su estado de letargo.

Dentro de su cabeza, y como por arte de magia, todo estaba más claro, se veía a él en una habitación gigantesca, más larga que ancha, era tan grande que no podía divisar su fin con el ojo humano, las paredes y el piso estaban pintados de un color azul cielo, no había ventana, ni siquiera una sola puerta, nada que explicara su presencia allí.

Comenzó a caminar hacia el único lugar a donde se podía ir, cuanto más caminaba más parecía que la habitación se afinaba, después de algunos minutos parecía más un pasillo que una habitación, ya se notaban otros cambios, el techo se tornaba cada vez más claro, hasta se podía ver que era blanco, así se mantuvo hasta que llegó al final del pasillo, allí el rey vio lo que parecía ser el espacio donde se ubicaba una puerta, solo había un hueco con muchísima luz, a medida que el betista original se acercaba, menos veía, porque el brillo lo encandilaba, como pudo y sin ver casi nada se acercó más y más, hasta que su mano, que había estirado para usarla como guía, tocó lo que era el marco de ese espacio luminoso.

Los últimos dos pasos fueron lentos, tanteaba lo que estaba adelante, sentía mucho calor, sudaba, hasta el punto de mojar toda su remera y, literal, gotear agua. Su respiración era entrecortada, dentro del sueño, por su cabeza comenzaron a pasar cientos de cosas, desde lo loco que parecía estar allí y en esa situación, reprocharse las cosas que tenía por hacer, hasta sentir que ese era el final, sí, sintió que conocería la muerte en persona, en forma física o como fuera que existiera.

Continúo con su ardua lucha, contra la luz y el calor, por un momento sintió que desistiría, pero era demasiado tenaz para dejarse vencer, tenía que llegar hasta el final, si era que lo había, caminó casi sin descanso y por lo que parecían ser horas, de pronto, todo se trasformó en una profunda y gélida oscuridad, el *shock* fue tal que sus piernas no lo resistieron y cayó al suelo.

Su cara se estrelló con gran violencia y generó un estruendo que resonó por lo que parecía ser un nuevo pasillo, estuvo un buen tiempo tendido boca abajo en la oscuridad absoluta, sintiendo cómo brotaba líquido de sus cavidades y pensando en si eso que sentía era sangre u otra cosa. Luego de ese rato en el suelo se obligó mentalmente a levantarse, pero los tres intentos que realizó no dieron el resultado esperado, estaba cansado y desorientado, poco a poco se perdió en un sueño dentro del mismo que estaba viviendo.

Cuando volvió en sí, después de haber sufrido una especie de desmayo, parecía que todo había cambiado, debajo de sí, el suelo duro y frío donde estaba tirado se había transformado en una pradera, en un pasto fresco y muy verde, con olor a humedad, no existía pasillo alguno ni paredes ni techos, estaba al aire libre, parecía ser un día soleado de primavera, se sintió ahogado, «¿enloquecí?», se preguntó y miró con sorpresa todo a su alrededor, parecía un valle de películas en donde hay cascadas y animales saltando por ahí, se quedó un momento observando y tratando de saber qué hacer, luego decidió caminar a ver si algo le mostraba lo que hacía en ese lugar.

Hasta ese momento, todo lo que le había sucedido no tenía ningún sentido, si su mente quería darle un mensaje, claramente lo hacía en un código inentendible para él. Caminó hasta llegar a un trillo que parecía un camino, observó a lo lejos y él mismo terminaba o comenzaba en una montaña de gran altura, ya no sabía qué hacer, por lo que se sentó en la tierra y esperó allí tranquilo, sin decir una palabra, solo se quedó mirando hacia el suelo. De pronto, un estruendo atrajo su atención, todo el cielo se puso gris, pensó en correr para encontrar un reparo contra la lluvia, pero se sorprendió por lo que cayó del cielo «¡Son espejos!», gritó de manera involuntaria, «¡Son espejos!», repitió con la intención de autoconvencerse, agilizó su marcha para tratar de zafarse de una muerte segura por aplastamiento y en su sueño su imagen pensaba que era una locura lo que estaba viviendo.

Los objetos tenían un gran tamaño, casi la altura de dos hombres, en un principio caían con poca frecuencia, pero de un momento al otro comenzaron a caer con un ritmo estrepitoso, uno detrás del otro, con casi nada de distancia y, lejos de detenerse, se empezó a incrementar el ritmo, entonces se formó una gran domo de espejos que rodeó por completo al rey y no tuvo hacia dónde correr, lo único que podía ver era su imagen, el espacio era tan cerrado que apenas respiraba y, sin saber por qué, comenzó a sentirse un poco mal, como ahogado, era una sensación extraña, más allá de la falta de aire, se sentía agobiado, apesadumbrado, sentía claustrofobia, síntoma que su ser físico jamás había sentido.

Al verse reflejado así en los espejos, débil y vulnerable, se odió con todo su ser imaginario, se odió como odiaba a quienes osaban desafiarlo, fue un tremendo esfuerzo que no perdiera la cordura en los primeros minutos allí adentro, trató de forzar sus ojos para que se cerraran, ya que no podía con su imagen tan de cerca, así que en ese estado, tirado sobre el suelo, con sus piernas recogidas y su cabeza sobre ellas, con los párpados bien cerrados y haciendo fuerza, intentó perderse en sus pensamientos, limpiar toda cosa negativa y entrar en un estado de meditación, aunque no aguantó más de cinco minutos, había algo en su interior que no lo dejaba rendirse, ahí entendió todo por lo que había pasado, debía enfrentarse a sí, lo que no sabía aún era ¿para qué?

Muy despacio dejó que sus párpados se abrieran, por todos lados estaba su reflejo sentado en el suelo, mirándolo, se miró como si aquella acción provocara algún cambio, pasaron lo que parecían horas, y todo seguía igual, aun así, siguió firme, clavándose la mirada, otra cantidad de tiempo pasó, de pronto, se hartó de estar allí, se levantó de golpe, con una agilidad poco creíble y reaccionó a puntapiés contra una de las paredes del domo de espejos, intentó romper la estructura, pero no tuvo éxito, lo único que logró fue tener un gran dolor en los dedos del pie derecho, así que se retiró de la pared y con las manos en la cintura y un dolor que lo torturaba se miró de nuevo y quedó sorprendido sobremanera.

—¿Qué estás mirando? —dijo una de las figuras reflejadas.

—¿Quién ha dicho eso? —preguntó a su alrededor sin creer lo que había visto y escuchado con claridad.

—¡Ey!, fui yo o, más bien, tú, ja, ja, ja. ¡Vamos, mi amigo!, no seas tan cobarde.

—Esto no puede ser.

—Ja, ja, ja, sí, soy tú, mejor dicho, tan solo una parte de ti, una ínfima parte de tu personalidad.

—¿Qué diablos es esto? ¡Explícate!

—Ja, ja, ja, yo soy tu alegría o algo así, ja, ja, ja. Soy tu parte alegre. Dime algo, ¿eres feliz?

—¡No entiendo nada! ¿Qué es este domo? ¿No me has dicho por qué estoy aquí?

—Has dejado mucho de tu vida de lado, estás aquí para pagar, deberás asumir lo que eres y dejar aquí tu soberbia para que puedas avanzar en tu vida.

—¿Qué diablos de discurso mediocre es ese? ¡Déjenme salir ya!

—No..., no..., no, vas a escuchar, es lo único que te dejará en paz contigo mismo.

—Uf, dime, ¿qué quieren de mí?

—¿Eres feliz?

—Soy el dueño del mundo, ¿cómo no lo sería?

—Ja, ja, ja, no, tonto, no lo que crees tener, sino aquellas cosas que te hacen feliz de verdad.

—Sí lo soy, la gente me idolatra, me respeta, tengo amigos a montones, familia y, bueno, del resto no me quejo.

—Pero, dime algo más, ¿sientes que has hecho algo bueno por alguna de esas personas que tú dices que te idolatran? ¿Eres una persona respetable en realidad? ¿Y tu familia? ¿Amigos, me has dicho? Hum, eres más mentiroso de lo que pensé, solo te daré una pista, mi ser entero, no aparezco muchas veces en ti —dijo mientras guiñaba un ojo—. Ahora debo irme, te dejo con tus dudas.

La imagen feliz del rey desapareció y el espejo se volvió totalmente opaco, casi al instante chistó otra imagen, pero esa vez sobre su cabeza. El Fulgurado miró hacia arriba, los espejos tenían imágenes reflejadas, pero sin vida, corrió la vista y de nuevo sintió el chistido, volvió a mirar y se dio cuenta de que uno de los espejos estaba vacío y una de las imágenes estaba escondida.

—¡Ey! ¿Y quién eres tú? —dijo el Fulgurado.

—Soy tú.

—¿Yo? ¿Y desde cuando he sido tan temeroso?

—No soy tu miedo, soy tus dudas.

—¿Mis dudas?, ja, ja, ja. No puedes ser parte de mí, yo jamás dudo, soy el rey de los betistas.

—E-e-eres humano y co-co-como tal e-e-eres du-du-dubitativo, tienes in-in-inseguridades.

—Ja, ja, ja, me has hecho reír, seguro que no eres lo chistoso de mí.

—No te bur-bur-burles de mí, o sea, de ti.

—Pero si tienes miedo constante, tú debes ser una parte muy ínfima de mí, jamás me he sentido como tú.

—Yo soy so-so-solo un re-re-reflejo de ti y lo sabes, so-so-solo que tie-tie-tienes miedo de no ser lo que dices.

—Ja, ja, ja, qué chistoso, ja, ja, ja, muy chistoso.

Mientras el rey reía, se dio un gran estallido en el espejo de la duda, se destruyó por completo y la onda expansiva tiró al muchacho al suelo boca arriba. Medio aturdido y medio sorprendido, intentó levantarse, pero en el primer intento no pudo, se impulsó por segunda vez y apoyó sus manos con fuerza en el piso, cuando parecía que lo iba a lograr, un gran brazo musculoso salió de otro de los espejos y lo aplastó.

El portador de esa gigantesca extremidad se trataba de otra imagen del betista original, pero estaba algo distorsionada, más bien agigantada, era la cara del rey en un cuerpo musculoso, con excesos de esteroides, de un tamaño enorme, apenas entraba en el rectángulo que le tocaba en el domo y, casi sin respiración, el betista original intentó zafarse de su prisión:

—¿Qué pasa, gusanito? ¿Te está molestando el suelo?, ja, ja, ja. ¿No puedes respirar?

—Suél-suél-suéltame, ¡¡¡aaay!!!, ¡suéltame ya!

—Ja, ja, ja, te escuché, gusanito. ¿No eres un rey?, ja, ja, ja. ¿No eres respetado e idolatrado? ¿No eres eso?, ja, ja, ja. ¿Y ahora me dices que no puedes salir del suelo?, ja, ja, ja. Si quieres salir, sal, maldito, ¡¡¡saaal!!!

—¡¡¡Aaay!!!, por favor, deja de aplastarme, déjame ir.

—No. Siente el dolor de ser débil, siente lo que es no tener poder, porque eso eres, un débil muchacho soberbio —dijo y presionó más fuerte al betista original, quien soltó un grito desgarrador. Casi al instante el brazo se elevó, abajo yacía el cuerpo inmóvil del rey, y lejos de tener piedad o remordimiento, el musculoso golpeó de nuevo al muchacho inerte, pero con un dedo, el impulso fue tal que su cuerpo se golpeó fuerte contra una de las paredes de la estructura.

—¡Eeey! ¡Despierta! No puedes dormir aún.

Dicha provocación no tuvo ningún tipo de respuesta, por lo que el dedo fue de nuevo contra el cuerpo y lo tiró hacia el lado opuesto, pero nada de nada, parecía un muerto, no tenía respuesta.

—¡¡¡Despierta ya!!!

La escena se repetía, pero la paciencia del rey estaba llegando a su límite y la ironía que lo caracterizaba se hizo presente para mostrar que aún no estaba vencido:

—¿A eso llamas golpear? Imagen superdesarrollada, deberás esmerarte más si quieres vencerme, insisto, hasta ahora me han mostrado lo que no soy, ¿cuándo me van a enseñar algo? Les diría manojo de tontos, pero, al fin y al cabo, me quiero demasiado. Dime una cosa más, ¿quién eres tú?

—Ja, ja, ja, soy tu fuerza, muchacho —dijo la imagen y se desvaneció con una mueca en su rostro, debido a la impertinencia demostrada.

El Fulgurado, algo golpeado o, más bien, machucado, apoyó las manos en sus piernas para recuperar un poco el aliento y esperar lo que seguía, estuvo unos minutos mirando hacia el suelo, pero nada parecía moverse, las imágenes estaban exactamente igual a él, ninguna hacía algo distinto a lo que él hacía, aquello llamó su atención, se irguió, miró para todos lados y comenzó, cual si fuera un niño, a hacer macacadas en los espejos, cuando se aburrió, volvió a sentarse con las piernas cruzadas, esperó, pero nada pasó, pronto le dio sueño, se recostó y se durmió.

Afuera de ese sueño, o sea, en su cuerpo físico, todo lo que había sucedido había generado consecuencias, de nuevo había transpirado muchísimo, demasiado, se podía decir, desde la nariz corría un pequeño hilo rojo de sangre que le llegaba hasta la boca, por su comisura y cual si fuera una cascada, dejaba caer su baba, a eso se le sumaba una quemadura leve hecha por café caliente, y una horrible posición adoptada por un claro movimiento involuntario, uno de sus brazos estaba torcido y se tocaba la espalda, una pierna estaba caída hacia el piso, la otra en sentido opuesto de la cama y la cabeza hacia adelante.

Pero dentro de ese sueño se empezó a sentir un temblor bastante importante que hizo que el suelo comenzara a rajarse y que el domo que encarcelaba al Fulgurado se cayera espejo por espejo hasta destruirse, ese efecto despertó de manera súbita a la imagen mental y los párpados del Fulgurado comenzaron a moverse bastante rápido, como si intentaran desprenderse de los ojos.

Él intentó escapar de ese desastre antes de que el techo lo aplastara, no sabía a dónde correr, no parecía haber salida, comenzaba a desesperarse, pero en un rincón se abrió un hueco por donde podía escapar si gateaba, así lo hizo, corrió lo más rápido que pudo, se puso cuerpo a tierra y, como una lagartija, se escabulló del lugar.

Ya afuera del domo vio que todo había cambiado de manera radical, no se veía el Sol, todo era oscuridad, el cielo tenía un color rojizo mezclado con negro, la pradera parecía quemada, cenizas volaban por el aire, en la tierra se habían abierto grandes zanjas, cual si fueran canaletas, se asemejaba a un relato del fin del mundo.

Se sintió perdido, de nuevo no sabía qué hacer, se vio más humano que nunca, se incorporó un poco confundido, pero antes de que pudiera hacer algo, el suelo se abrió por completo y cayó por un pozo que parecía no tener fin, mientras caía gritaba e intentaba aferrarse a algo, aunque no había de dónde agarrarse, siguió cayendo por varios minutos, y cuando más perdido se sintió, cuando ya no tuvo ni una sola esperanza de ver el final, se despertó de sopetón.

Saltó en la cama, su cuerpo le dolía de todas las formas conocidas, su primera reacción fue tocar su pierna, ya que le ardía, y molestarse mucho por la mancha de café, miró a todos lados, estaba confundido, le dolía mucho la cabeza, un poco por la contractura de la mala postura y otro poco por el *shock* psicológico de su aventura, caminó suave y como pudo se ayudó con cada cosa que le servía de apoyo, necesitaba ir al baño, mojarse la nuca y limpiar su cara que se había ensuciado de sangre y de saliva.

Cuando llegó al baño prendió la luz, se encandiló, no sabía qué día ni qué hora era, muy lento y mirando hacia el suelo, tanteó con sus manos hasta que las mismas se encontraron con la pileta, dio pasos cortitos para quedar bien cerca de ella, abrió la canilla y humedeció, repetidas veces, una de sus manos mientras mojaba su nuca, esa acción lo alivió un poco, pero aún el dolor persistía, después juntó sus manos y, cual si fuera un cuenco, las llenó de agua y, así, como si no supiera qué hacer, volcó el contenido en su cara, lo repitió tres veces, se podría decir que hasta con un poco de bronca.

En ese momento levantó su mirada, un poco lento, como con miedo a que la imagen que viera le hablara, sus ojos se visualizaron y, como por arte de magia, todo cambió para él, entendió de qué se trataba el acertijo, comprendió su sueño y, por primera vez, se sintió él, tan solo él, el joven en el espejo, con sueños y esperanzas, con la naturalidad necesaria para ser alguien en la vida, una persona, más allá de sus dones y de su carisma, allí en el espejo era solo él, sin presiones, tan solo silencio y toda la vida por hacer. ¿Quién no tuvo sueño?, je, je.

Capítulo 13
Las paredes tienen memoria

La vida pasa por cientos de momentos, algunos de ellos o, mejor dicho, la mayoría, nos dejan algún tipo de enseñanza, algunas malas para entender que no hay que volverlas a hacer, y otras buenas que pasan desapercibidas, porque pareciera que para el ser humano es más fácil centrarse en lo negativo, a tal punto que muy pocas veces recordamos, por ejemplo, un día de Sol, es como si estuviéramos predispuestos a hacer nuestras vidas un poco más miserables a diario.

¿Esa será la forma de justificar todo aquello que no hemos logrado? Nunca lo he podido contestar con certeza, pero como ser individual sí sé que en los peores momentos de mi vida, cuando pasé por la adolescencia y tuve millones de traumas, de miedos e hice estupideces, el Fulgurado estuvo ahí, me mostró el camino, supo ser ese a quien seguir, y a mí, como a todos los desplazados, nos integró en un lugar común, donde fuimos alguien y nos sentimos en casa.

Eso era el betismo, un movimiento ideológico, en un lugar geográfico, en un país con una de las idiosincrasias más tristes del planeta y que incluía a aquellos que nadie quería o aceptaba, cosa que hizo que ese gran líder justificara su magnificencia, por ello ningún betista dudaba en serle leal al rey, sin embargo, no fuimos totalmente conscientes de la magnitud de lo que vivíamos, del nivel de influencia que tenía nuestro líder y de cuán respetados fuimos.

El betista original lograba eso, llenar de luz todo lo que tocaba, como si fuera el famoso rey de la fábula, parecía que cada cosa en la que tenía injerencia se volvía mejor, pero no solo era ese ser (humano), y pongo humano entre paréntesis porque siempre pensé que tal poder no podía ser de este planeta, también fue siempre ese buen amigo, esa persona que cuanto más agobiado nos encontrábamos, más tranquilidad nos transmitía, buen amigo de sus amigos, un diferente en jerga futbolera, sensible, amable, buena persona y un excelente enemigo para quien se lo ganaba, pero no cualquiera lograba hacerlo enojar.

Para los betistas era una persona espejo, aquel que transmitía tanto en las palabras, como en el ejemplo, muchos de ellos dejaron el clan con el correr de los años, porque dejaron de ver un poco más allá, otros tantos duraron hasta los últimos suspiros del clan como movimiento organizado, algunos, por suerte y en los momentos exactos, fueron echados como la mugre que eran, pero nada de ello hizo que cayeran los valores ni la forma de ver las cosas, porque el rey estaba claro, convencido y tenía la seguridad de hacia dónde encaminarnos.

Para mí, que cuento a través de las palabras lo que era y es el Fulgurado, fue un amigo, fue una persona para idolatrar, era y sigue siendo, luego de casi diecisiete años, mi ídolo, un tipazo, fue quien me ayudó a salir de muchos pozos, alcoholizándose y filosofando noches enteras. la que yo idolatraba, era y sigue siendo, luego de casi diecisiete años, mi ídolo, un tipazo, esa persona que nunca falló en las difíciles, más allá de mi lealtad nunca fue la él hubiera merecido fue quien me ayudó a salir de muchos pozos, alcoholizándose y filosofando noches enteras.

En este último capítulo aglomeraré una serie de anécdotas que, por distintos motivos, no fueron incluidas en el resto de la historia y mostraré ese otro yo del líder, el Yo persona, esa parte de él que estaba en su interior y que poco mostraba, parte fundamental del Fulgurado y de la marca como betista.

Las remeras y el viejo gritón

Aquella tarde de verano era un poco más fresca que la de los días anteriores, el edecán que vivía en el barrio de los delincuentes fue a buscar al elegido a su domicilio para encontrarse en la plaza, punto medio entre las casas de los dos chicos, pero no se encontraron allí, ya que el edecán tomó otro camino, lejos del lugar donde estarían toda la tarde, pues quería sorprenderse con otros paisajes, pues era habitual ver a los mismos personajes. Al llegar a la casa del rey no tuvo que esperar demasiado, ya que este lo estaba esperando y, en cuanto lo vio por la ventana, salió a su encuentro.

—Vamos, vamos —le dijo el rey y comenzó a caminar sin dejar de emitir palabra.

El edecán tuvo que acelerar un poco su paso para alcanzarlo, aun así le costaba seguirle el ritmo, por lo que después de unos minutos de caminar al extremo y de trotar, decidió pedirle a su compañero que aminorara su marcha y caminara con más normalidad, titubeó un poco, por lo que el rey lo miró de reojo y le pidió, con fuerza y claridad, que repitiera lo dicho, y el edecán, sin darse cuenta, levantó la voz más de lo normal, el betista original reaccionó de manera espontánea y esbozó una sonrisa socarrona, como si aquella reacción le hubiera causado cierta gracia.

Era una época entre prematura e inicial del betismo, por lo que aún el líder no era reconocido por cada mortal que se cruzaba, debido a eso había ideado una táctica que conllevaba recursos mínimos y una tremenda reacción inmediata, la idea involucraba camisetas o remeras de color negro o de cualquier color, sin dibujos o imágenes en el frente, pintura para telas que contrastara con el color sobre el cual se pintaba y se escribía una frase que generara polémica, no importaba lo que dijera, la intención principal era crear algo, ya fuera de rechazo, de amor o de odio; el rey hizo eso durante varias semanas y el resultado fue positivo, todo el que pasaba a su lado se daba vuelta y reaccionaba de algún modo.

Ambos siguieron caminando y conversando de las reacciones que habían vivido con anterioridad y las de ese día, el joven betista estaba sorprendido con la iniciativa, por ver todo lo que allí sucedía, y para el rey era solo la confirmación de algo que él ya sabía que sucedería, siguieron caminando y riendo por una mujer que se horrorizó por la frase de una de las camisetas, porque aludía a la Iglesia católica: «¡Yo soy Dios!, ja, ja, ja», decía la camiseta del betista original.

Llevaban unas ocho cuadras cuando pasaron delante de una casa en donde se realizaba pan artesanal de todos los tipos: hamburguesas, panchos, etc., era tan rico el olor que salía de allí que el Fulgurado siempre se esmeraba en pasar por su frente, así se encontrara en la acera de enfrente, cruzaba la calle porque debía oler el pan recién horneado, nunca había visto a nadie afuera, tan solo la fachada de la casa con los carteles que ofrecían el producto y sus precios, pero ese día había un señor bastante mayor, de unos sesenta y tantos, escribiendo con tiza blanca sobre unas pizarras, estaba en su mundo y tarareaba una canción, pero de pronto y en el momento exacto que pasaron los dos chicos, el hombre dejó lo que estaba haciendo, giró su cabeza en silencio, leyó con detenimiento las palabras en el pecho del betista original y su cerebro reaccionó y gritó muy enojado al punto de sorprender a todos los que por allí pasaban:

—¡¡¡Ustedes van a ir al infierno, ustedes van a ir al infierno!!! —pronunció sus palabras proféticas del juicio final y huyó hacia el interior de su hogar.

Para los betistas fue un hecho gracioso que el hombre se aterrara y corriera, eso los hizo tentar de risa sin parar hasta llegar a la plaza del pueblo. Cada vez que se acordaban de aquel suceso se reían y decían la frase en tono de burla con la gracia necesaria para que todos rieran a la par, el edecán replicó la frase en su remera, los otros betistas hicieron lo mismo, hasta que ya tan solo fue un chiste y lo utilizaron como herramienta marketinera.

El Beto y el Pastabasero

Diez años pasaron desde que una nueva droga llegó al pueblo, junto con los efectos de la globalización, concepto poco usado, pero muy bien aprendido, cada joven que rozaba el mundillo de la drogadicción tenía que probar aquello que llamaban «pasta base», era una preparación de bajo costo, similar al *crack*, lograba un efecto directo en el sistema nervioso central y generaba un efecto parecido al de la cocaína, pero de corta duración.

El tiempo transcurrido desde la llegada de la nueva droga era el estimado de vida que les daban a los consumidores, aunque nada importante les sucedió a esas personas, parecían muertos vivientes, en la mayoría de los casos superaron con creces el límite pronosticado y siguieron por la vida, aunque algunos lo perdieron todo, mendigaron por las calles, fueron presos de una adicción que se acrecentaba más y más por tener un efecto tan directo, pero ínfimo en el tiempo, y cuando no podían cubrir su necesidad de la droga se volvían animales sedientos, con los ojos desorbitados, violentos, capaces de hacer cualquier cosa con tal de contar con algo que les sirviera para trocar, desconectarse de nuevo y viajar hacia su mundo perfecto.

Tan potente era el nivel de adicción de esos individuos que se habían convertido en un peligro para toda la sociedad, eran vampiros deseosos de sangre, capaces de robar o de golpear a cualquiera que pasara por su camino, eran una sombra nefasta y deformada de las personas que fueron en algún momento, hombres, mujeres, jóvenes, niños, como toda droga no discrimina a nadie, había de todas las clases sociales, todos eran bienvenidos a sumarse al club.

Esa realidad no era esquiva para el movimiento betista, ni siquiera sus miembros, que tenían la más alta capacidad intelectual, casi elegidos y destinados a cambiar el mundo como se conocía, se libraban de tal mal.

Una noche, el rey caminaba hacia su viejo domicilio, la casa de su Señora Madre, las estrellas se adueñaban de todo el cielo y la luna llena y esplendorosa las acompañaba, esta brillaba tanto que parecía un gran foco iluminando todo el mundo terrenal, el betista original caminaba lento y disfrutaba del aire semicálido de aquella primavera, había mucho silencio, lo que le permitió perderse en sus pensamientos, aquella noche la calle estaba muy tranquila, en su largo trayecto solo se cruzó con pocas personas, sin darse cuenta estaba tan solo a unas pocas cuadras de su casa, de pronto la tranquilidad se rompió de manera abrupta, de una zona oscura, donde no llegaba ni la luz artificial ni la de la luna, salió una silueta a su encuentro, el líder se asustó, dio un paso atrás para ubicarse de una mejor manera ante cualquier tipo de ataque, y en cuanto pudo verla, se dio cuenta de que se trataba de un joven con aspecto totalmente deteriorado, parecería un anciano, era muy delgado, casi esquelético, con barba y mucha suciedad, su cabeza estaba tapada por una capucha, la cual surgía de un buzo de hilo fino, tenía pantalón bermuda y unos zapatos abiertos en las puntas que mostraban los diez dedos del harapiento joven.

—¿Qué quieres? —dijo el betista con voz firme para no mostrar miedo.

—¡Dame plata! —ordenó el ladrón.

—Si quieres dinero deberías encontrar un trabajo. ¡Sal de mi vista, andrajoso!

—¡Que me des algo! —gritó desesperado el muchacho.

—¡No te voy a dar nada! ¡Y ya vete de aquí!

Dijo sin ganas de continuar en ese lugar ni frente a ese ser perturbado, así que lo esquivó e intentó seguir su camino, pero, en ese momento y como si alguien le avisara del peligro, giró de repente, se dio cuenta de que su agresor tenía un cuchillo de mesa en la mano, quería arremeter en su contra y matarlo, y en cuanto el joven impulsó el cuchillo contra el cuerpo del rey, este tomó la mano del muchacho con un movimiento felino, la apretó para detener la estacada e intentó sacarle el arma.

Comenzaron a luchar, tironeando hacia un lado y hacia el otro, uno para intentar herir, otro para salvarse del ataque, en el forcejeo se tiraron algunas patadas y cabezazos, aun así seguían enroscados, hasta que, luego de algunos minutos, por la debilidad del atacante y su clara falta de alimento, el Beto pudo hacerse con el cuchillo y empujar a su rival unos metros lejos de él.

—¿Qué intentas hacer, desquiciado? ¿Me quieres matar por unas pocas monedas? ¿Eso crees que vale mi vida, maldito? ¡Habla, despojo humano! ¡Habla, carajo! Tendría que matarte y así hacerle un bien a la humanidad, pero no lo voy a hacer, no soy un asesino, sí me asemejo a un dios en la Tierra, pero no decidiré tu destino hoy, aunque sí te dejaré en este mundo para siempre, para que te pudras, para que te veas a diario y sepas la escoria en la que te has convertido —dijo el rey.

Mientras sonaban esas palabras, el joven atacante no levantó la mirada del piso ni una vez, como si estuviera en un trance, lo que enfureció al Fulgurado, este quiso seguir su discurso, pero el chico levantó la cabeza, sus ojos estaban llenos de lágrimas, no sabía si de dolor o de rabia, pero sí de mucha intensidad, lo miró fijo, como si soltara un pedido desesperado de ayuda, esperó unos minutos y corrió en dirección opuesta a la del rey.

El Fulgurado siguió adelante como si nada hubiera pasado y dejó aquel suceso, que a cualquier persona le hubiera trastocado los nervios, como una simple anécdota que contar en las noches de copas; después de aquel día no se supo nada más del Pastabasero.

El encuentro con el viejo amigo

Transcurrieron muchos años desde que el betismo se instaló en la sociedad mundana, desde ese momento, los cambios que el clan propuso fueron causa de controversia y de contradicciones, muchas de las cuales fueron acalladas a la vieja usanza, es decir, por medio de la coacción.

Hubo cosas maravillosas que el clan aportó a la formación del mundo, un lugar a donde pertenecer y la enseñanza del buen uso del cerebro en los jóvenes, a pesar de que no eran conscientes de la magnitud el alcance de aquellas doctrinas, ni de cuánto cambiaban la realidad, pero sí sabían que eran parte de una cosa grande, inmensa, algo que estaba más allá de su propia imaginación o sabiduría.

En verano, una tarde de fin de semana en la plaza del pueblo, el conjunto de betistas se reunió a tomar algo, fumar y hacer tiempo hasta que la noche llegara, había gran movimiento de gente, familias enteras, ancianos, niños corriendo de aquí para allá, algunas personas tomaban la infusión local, otras tomaban cervezas, muchos solo estaban allí para ver los autos pasar, la gente pasar, la vida pasar.

Los betistas charlaban y reían en aquella plaza, habían conformado una tertulia muy democrática, en donde participaban y creían que tenían ese derecho para siempre, de pronto, detrás de una pareja de unos treinta y tantos, que jugaba con su pequeña hija, apareció un hombre con una actitud extraña, parecía que se escondía de algo; el rey, que siempre estaba atento a todo lo que pasaba a su alrededor, de refilón notó la actitud del hombre, giró su mirada para ver de quién se trataba o por qué se escondía, pero la silueta desapareció de forma mágica, aquella situación le resultó rara, estaba seguro de que había visto a alguien, pero de inmediato le restó importancia, mas no dejó de estar alerta.

La noche llegó y muchos de los chicos abandonaron el barco, como suele decirse, el aire fresco y la noche estrellada favoreció a quienes se quedaron a tomar algo y disfrutar, así charlaron, rieron y bromearon por una cuantas horas más.

Ya entrada la noche el betista original se paró de su lugar, estiró un poco su cuerpo y les dijo a sus seguidores que ya era hora de ir a tomar algún trago de alcohol al lugar de encuentro, sin decir nada más, todo un malón de jóvenes emprendió el camino hacia el lugar indicado. En el trayecto siguieron de muy buen humor, riendo y bromeando, mientras que el rey estaba serio, pensativo, como si reflexionara sobre algún tema, caminaron las doce cuadras que los separaban de su destino, y el ánimo del líder fue el mismo de principio a fin.

Entraron al lugar de encuentro y en el mostrador se encontraba el cantinero con su sonrisa, el hombre siempre estaba de buen humor, a pesar de inferir miedo a quien lo veía por primera vez, ya que medía más de dos metros de altura, pero nunca dejaba de saludar con gran positivismo y alegría, a todos los hacía sentir tan bienvenido que cuando se debían ir, deseaban no tener que hacerlo.

Los betistas conversaron un poco con él, se sirvieron lo que tomarían y se sentaron en donde siempre lo hacían, y así comenzaron con otra noche de tertulia filosófica, a partir de ese momento los chistes y bromas se dejaron a un lado, la filosofía era un tema serio, con el descenso del interés por la misma, era casi una obligación inmiscuirse por completo cuando la charla se volcaba hacía ahí, era una especie de generador de músculo intelectual, para muchos en desuso gracias a los pilares del sistema económico que los regía (cuestión que el clan estaba en camino de cambiar).

Cerca de las tres de la mañana, cuando todos estaban bastante alcoholizados para no notar casi nada, entró una persona de aspecto extraño por la puerta principal, medía alrededor de un metro setenta, su complexión era robusta, pero fibrosa, tenía barba larga y desalineada, era una mezcla de pelos entre negros, rojizos y canosos, llevaba un buzo con una capucha gris que tapaba su rostro casi por completo, la mangas largas también tapaban sus manos, estas tenían importantes cicatrices, su pelo era muy corto, como si recién se lo hubiera cortado con máquina, entró mirando al suelo, como si a su alrededor no existiera nadie más, levantó su mirada hacia su izquierda tan solo para observar el pasillo que daba al patio del local, gesto que hizo como si allí detrás hubiera algo importante para él, se sentó en el primer taburete de la barra que encontró libre, puso sus dos brazos sobre la misma y se tomó las manos, se las frotó como si sintiera frío en ellas, el cantinero feliz hizo su aparición casi al instante y evitó que el extraño girara y mirara a sus espaldas.

—Hola, ¿cómo está? Es un honor tenerlo por aquí, puede solicitar con confianza, siempre y cuando tenga con qué pagar.

El hombre misterioso sacó de su entrepierna una bolsa pequeña que estaba repleta de monedas de oro.

El tabernero lo miró sorprendido, no entendía cómo alguien andaba con una bolsa de monedas en la entrepierna y menos aún que deseara pagar con ellas, estaba claro que eran de color dorado, pero desconfiaba por lo peculiar de la situación, así que hizo un movimiento con su mano y corrió la bolsa cerca de su dueño, se acercó al hombre y le susurró al oído que debía pagar con dinero, que ya no estaban en la Edad Media.

El hombre lo miró fijo, con clara señal de molestia, por unos instantes solo hizo eso, el empleado lo miró de igual manera, trataba de transmitirle al extraño que no se iba a intimidar tan fácil, esperó unos minutos y le manifestó que si no consumía algo o mostraba algo real con lo que pagaría se debía retirar, esos dichos le cayeron peor que los anteriores, pero en el momento en que se dispuso a soltar la furia contenida, el dueño del local apareció, y al ver la bolsa de monedas quedó bajo los efectos de un trance.

—¡Espere, caballero! No se ofusque, entienda la reacción, hoy en día es muy raro ver a alguien que pague por las cosas con una bolsa de monedas doradas.

Un movimiento afirmativo fue la única respuesta que obtuvo el dueño, por lo que siguió hablando hasta indagar un poco más.

—¿Esas monedas son de oro?

De nuevo, el extraño hombre asintió con un movimiento de cabeza.

—Ya veo, me cuesta creerlo en realidad, porque si así fuera usted tiene muchísimo dinero allí, muchísimo más del que podría gastar en este lugar.

El hombre solo movió los hombros hacia arriba, reacción que molestó al dueño y lo hizo pensar en que se trataba de una persona desvariada, le ordenó al cantinero que le sirviera un vaso de vino y lo invitara a retirarse luego de que terminara su bebida.

Mientras eso sucedía en la barra, a lo lejos, en una de las mesas del patio, el rey observaba callado, atento y alerta a aquel misterioso hombre, uno de los betistas de confianza notó aquella reacción, se le acercó y, a riesgo de llevarse una explicación a modo de padre, de por qué uno no debe ser curioso con ciertas cosas, le preguntó:

—¿Qué observas con tanta atención?

—¿Ves a ese hombre de allí?

—Sí, esa persona en la barra.

—Esa persona que está en la barra ha tenido una discusión con el dueño y con el cantinero. Todo el lugar lo ha notado, pero aun así le han servido su bebida —dijo el betista.

—Sí, lo sé, me da desconfianza, pero creo haberlo visto con anterioridad, me parece familiar.

—¿De verdad? ¿Y dónde pudo haber sido eso? Ese hombre es muy extraño, parece mal de la cabeza.

—Puede ser que parezca loco, pero déjame decirte que ese hombre está aquí por algo, se le nota en su actitud. ¡Diles a los muchachos que estén atentos! Nunca se es lo suficiente precavido con esas cosas.

Así, para cumplir la orden, el betista recorrió todo el lugar, habló con cada uno de sus congéneres y les transmitió lo que le había dicho el Beto.

El amanecer llegó y nada extraño sucedió con el hombre, este se tomó su bebida y el cantinero lo invitó a que se retirara, cosa que hizo sin oponer resistencia alguna.

Los betistas también se retiraron para cantarles un poco de tango a los vecinos de cada cuadra por las que pasarían, así los vecinos tuvieron el placer de escuchar algunas de las piezas enmarcadas en la historia, pero con la versión de tan particulares artistas, luego, uno a uno se fueron separando y tomaron su camino, el rey también tomó el suyo a casa, en soledad, como era habitual. En el trayecto se cruzó con aquellos trabajadores que se disponían a realizar sus tareas pagas habituales, se concentró en esas caras desconocidas para él, pero no se percató de que el misterioso hombre del lugar de encuentro lo había seguido y se encontraba a escasos metros, cuando el rey salió de su estado de hipnosis, el sujeto lo tomó del hombro para hablarle:

—¡Hola, amigo! ¡Cuántos años han pasado! ¿No te acuerdas de mí?, ¿verdad?

—¿Quién diablos eres? ¡Suelta mi hombro ya!

—Ja, ja, ja, tranquilo, no te pongas nervioso. Soy yo, amigo, el Sr. Jeck Hill, ¿aún no te acuerdas?, ¿verdad?

La cara del rey se transformó al escuchar esas palabras, fue como si un escalofrío le recorriera por todo el cuerpo, giró su cabeza con la intención de corroborar lo que había escuchado, pero de un pellizco el hombre hizo que depusiera de su actitud.

—No necesitas verme, mi amigo, sabes que soy yo, aunque te hayas olvidado de mí, sabes que soy yo.

—¿Qué quieres, maldito enfermo?

—¿Esa es la forma de tratar a un amigo? Pero cómo has cambiado, je, je. Solo estoy aquí para saludarte, tan solo eso, así nada más. Durante todos estos años lo único que he pensado es en matar a mis enemigos, y en ti, mi único amigo en el mundo. Y hoy, como estoy en una escapadita, vine a saludarte y a decirte que estoy bien, que no he muerto, ¿lo ves?

—Sí, lo veo. Ahora, ¿puedes dejarme en paz?

—Pero qué fea actitud, amigo mío, qué fea actitud. Te lo dije, solo estaré muy poco tiempo, pero hubiera sido descortés no haber pasado a saludar.

—Muy bien, he recibido tu visita, ahora debo irme.

En cuanto terminó de hablar se dio cuenta de que su captor ya no estaba detrás de él, se había esfumado como por arte de magia, miró hacia todos lados, pero no pudo hallar rastro del hombre.

Después de ese día no se supo nada más de Jeck Hill, de nuevo el mundo se lo había tragado, pero sí se enteraron todos de que aún «seguía prófugo el maniático acusado de violar a una menor discapacitada», además, «tenía otros tantos cargos de agresión física, riña e intento de hurto», así lo tituló la prensa en primera plana, al leerlo así y con letra fría no causaba ningún tipo de alarma, era tan solo un titular, pero el rey se puso en alerta cuando leyó más a fondo la noticia y se dio cuenta de que esa persona del diario y Mr. Jeck Hill eran la misma persona y se preocupó porque unas horas antes había tenido un encuentro con él.

Aunque la vida del líder betista corrió grave peligro y esa inesperada situación hizo florecer el miedo en su interior, ese hecho reafirmó

Déjà vu

Las palabras son poderosas, pueden debilitar hasta la estructura más firme, llenar de valor al más temeroso y dar sentido a la vida del más desdichado. ¿Cómo te sentirías si tus propias palabras te encontraran alguna vez? Ser el líder de un grupo de personas no es una tarea fácil y para el Fulgurado no era la excepción, aunque él nunca lo admitiera, la filosofía que transmitía a través de sus palabras era fundamental para muchos, y para los betistas, por supuesto, los ayudaba, de una manera u otra, a ser parte de algo, a ver un futuro mucho menos oscuro de lo que habían imaginado. Un día, el selecto grupo que acompañaba al Fulgurado pudo observar, en carne propia, cómo era vivir un *deja vu.*

Comenzó una nueva jornada para el Fulgurado, desayuno, los minutos necesarios enfrente del espejo para acicalarse y admirarse todo el tiempo para restablecer su ego, revisar algún escrito, llenar alguna hoja vacía con material para la posteridad, disponer todo para salir a la calle y hacer sentir su presencia en su ciudad.

Aquella mañana el Sol brillaba con gran fuerza, desde horas muy tempranas mostraba que durante el día haría mucho calor, aunque así no lo sentía el líder betista, porque su cuerpo tenía un termostato natural que le ayudaba a no sufrir de calor, al contrario, lo disfrutaba. Salió a su caminata habitual, recorrió desde su casa hasta la plaza, y por extraño que parezca, aquella mañana caminó a paso lento, deseaba disfrutar del paisaje, aunque lo veía todos los días, pero sentía que necesitaba un tiempo para respirar y dejarse llevar por su pensamiento.

El verano hacía que cambiaran un poco algunas características en la ciudad, lo que más se notaba era la falta de gente, muchos se trasladaban a otras localidades, sobre todo a aquellas que tenían playas o ríos para zafarse de las altas temperaturas, eso, para los betistas, no era significativo, porque su ciudad estaba mejor solo con ellos, así se juntaron y asintieron que era mejor dirigirse a la zona de árboles para realizar una reunión con mayor comodidad, sin tener que penar por el intenso calor.

Mientras avanzaban, las charlas nacían de una forma muy amena y menos estructurada, como si las vacaciones hubieran llegado también para ellos, en cambio, para el betista original, a pesar de que se sentía más relajado, ya que no había demasiados prospectos para incorporar al clan, no lo demostraba, su forma de enseñar era con el ejemplo.

Dado que la reunión tenía matices diferentes a la normalidad, se permitieron tomar algo más que agua y liberar todo aquello que su verborragia les permitiera. Las risas y los chistes no faltaron, además de las clásicas retóricas nacidas de los temas más efímeros, para todos fue un día fructífero, incluso más que en las jornadas habituales porque, al ser menos, todos se podían expresar con mayor asiduidad y sin tantos temores.

El tiempo pasó muy rápido, tanto que un soplo de aire fresco anunció la llegada de la tarde y, con ella, la obligación de volver al lugar de reunión. El camino era el mismo, pero al regresar, los pies parecían pesarles un poco más, y sus cuerpos se mecían de un lado a otro, daban la señal de que las bebidas los había refrescado demás. A unas cuantas cuadras, del grupo original solo quedaban cuatro integrantes, incluyendo al rey, ya que los demás habían desviado su camino hacia sus hogares.

Nada parecía que podía alterar aquel orden maravilloso y mágico que se había construido, como si el universo conspirara en que tuvieran un día que quedara para el recuerdo, esa teoría se confirmó cuando una hoja de papel blanco que giraba sobre la vereda con la ayuda del viento chocó con los pies del primer betista, cual si fuera un mensaje divino que entregaría una profecía.

Todos quedaron muy curiosos y atentos a la situación, se rieron nerviosos por lo que parecía ser una señal, lo que los hizo bromear al instante, pero cuando vieron que el Fulgurado la tomó entre sus manos y su cara se transformó, dejaron de burlarse y comenzaron a preguntar de qué se trataba.

El rey betista no respondía, solo se limitó a leer lo que decía aquella hoja misteriosa, una mueca jocosa se dibujó en su rostro, lo que sorprendió a sus compañeros, los cargó de más incertidumbre, pero ninguno se animó a preguntar. Pasaron pocos minutos para que el rey, sin pensarlo, dijera:

—Esto sí que es importante.

Al escuchar eso, uno de los presentes no contuvo su curiosidad y preguntó:

—¿De qué se trata?

El Fulgurado movió su cabeza y dijo sonriendo:

—Mis palabras, muchacho, solo mis palabras

Aquella hoja en el viento que detuvo su marcha a los pies del rey llevaba un largo ensayo de puño y letra escrito por el Fulgurado, para muchos, aquel suceso podía ser efímero, pero para el primer betista significaba el resultado de años de esparcir una ideología, años de intentos fallidos en el desarrollo de una idea y el encuentro con su Yo del pasado.

Luego de que todos leyeran las palabras y se les llenará el pecho de orgullo por pertenecer a ese clan, el rey dejó que la hoja volara de nuevo, las palabras betistas estaban hechas para recorrer el mundo, para viajar y para darle a conocer a nuevas mentes que otro camino era posible y que se avecinaba.

Paredes del pasado

Los años se fueron como agua entre los dedos, aquellos que desde un inicio habían acompañado al betista original, comenzaban a peinar juveniles canas, rozaban los treinta y pico, tiraban a los cuarenta, muchos de los originales resistieron los avatares y las tormentas y seguían airosos, y otros tantos habían dejado el barco, en realidad, ya no estaban físicamente, pero lo especial de ese movimiento era que el contenido lo llevaban adentro, ahí en la cabeza, donde una vez que brotara la idea, nada en el mundo la podía arrancar.

Ya casi al final de esta historia solo queda una anécdota por contar, se desarrolló en los años en donde esos adolescentes utópicos y soñadores que seguían a un líder se convirtieron en adultos, muchos de ellos fueron víctimas del paso del tiempo, quien es cruel, no distingue, a nadie perdona y hasta el mejor de los mortales perece, las señales eran claras, los abdómenes estaban muy inflamados por el alcohol, había falta de cabello en donde antes abundaba, cansancio casi absoluto y poca visión, muchos pensarían, y con razón, que el betismo había entrado en una decadencia natural, pero no tenían en cuenta una cosa importantísima, su líder, el rey betista, era la esencia del movimiento, en sí, la filosofía y el líder conformaban la estructura necesaria para que todo funcionara, no se necesitaba nada más.

Por esos años, el rey, más mortal de lo que hubiera deseado y como le pasa a muchos hombres comunes de mediana edad, decidió volver a estudiar, volver a la institución que lo había visto crecer como persona y dar un vuelco abrupto en lo que refería a su carrera académica, esa era una elección personal, pero también se debía al último paso de la ideología betista, el saber cuánto habían contribuido al futuro y a cuántas vidas habían influido directa o indirectamente.

Para él era necesario comunicar su decisión a las personas de confianza, también se lo contó a quien estuvo a su lado en muchos momentos del betismo, a aquel edecán al que, sin saberlo, le salvó la vida al incluirlo en el betismo, aquel que un día se alejó, aunque jamás se fue del todo, ese muchacho del cual decían que tenía una memoria envidiable, el encargado de contarle al mundo con sus palabras el cambio que todos estaban viviendo. La charla se dio de forma distendida, sin presiones, de esas que se dan entre dos amigos, dos personas que se conocen lo suficiente como para no reprocharse nada, en un primer momento, el saber de los planes del rey sorprendió un poco al exedecán, pero cuando el Fulgurado le contó con más detalles de qué se trataba, entendió que todo iba bien, el betista original de nuevo le dio una clase magistral de dominio de la realidad, imposible para cualquier otro mortal.

Y así, un día de otoño con toda su presencia melancólica, marcó un nuevo primer día de clases para el Fulgurado, este, al llegar, vio que habían pintado toda la institución, las paredes tenían colores vivos, luminosos, como si fuera otra escuela, había perdido ese estilo lúgubre, de castillo viejo, de fortaleza añeja y respetada, se encontró con otra estructura, la modernidad había llegado, también había otro entorno, estaba atestado de adolescentes hormonalmente desajustados, muchísimo más de lo que él recordaba alguna vez haber sido, jovenzuelos de unos diecisiete años corriendo como chicos de ocho, jugando a la atrapada o a la mancha, «¡qué inconcebible!», pensó, pero descartó la idea de que eso estuviera pasando, a medida que avanzaba hacia el interior se daba cuenta de cuántos años habían pasado, nada de lo que recordaba o había ayudado a construir estaba allí, no conocía a nadie, por un momento reflexionó y se dijo que no iba a resultar, que allí no aguantaría, esa realidad era el infierno de su cielo, se ofuscó casi al instante por haber abierto sus oídos, ya que escuchó tantas estupideces en una sola frase que creyó que se trataba de un montón de descerebrados sin remedio, se le vino a la cabeza una escena de una película con muchos simios, los cuales saltaban y movían el trasero tratando de aparearse, no entendía cómo el mundo, ese que él trataba de cambiar para hacerlo perfecto a su imagen y semejanza, se había convertido en aquella decadencia sin sentido.

Entonces se colocó en un rincón y se limitó solo a observar, miró hacia todas las direcciones, vio cada detalle, intentó encontrar vida inteligente en esa porción del universo, pero luego de varios minutos nada aparecía, hasta que un sentimiento se apoderó de él, no sabía cómo explicar lo que le estaba pasando, de pronto lo supo, se sentía con incertidumbre, por primera vez dudó de una de sus elecciones de vida, ¿él dudando?, sí, él mismo, y ahí se dio cuenta de todo, era humano otra vez, tanto codearse con los mundanos que se olvidó de su genialidad de dios todopoderoso y, extrañamente, en vez de colapsar, respiró profundo y se dijo: «Si esto es lo que tengo que ser, que así sea». Y, de repente, como una señal, desde el final del largo pasillo que había luego de la puerta de entrada, se escuchó una voz de un grupo que conversaba de manera pacífica y que dijo «betistas», por un momento dudó, pensó que había sido una alucinación provocada por su cerebro alterado, pero no, de nuevo escuchó al joven, por lo que decidió acercarse, estaba visiblemente nervioso, como alguien que tiene que dar un examen final.

—Hola, ¿cómo están? —preguntó y todos lo miraron como un bicho raro.

—¿Sí? ¿En qué podemos servirte? —dijo el muchacho de la voz.

—Solo creí escuchar y quería corroborar que hablaban de los betistas, ¿puede ser verdad?

—¡Lo ven! Él también los conoce. ¡Se los dije!, ja, ja, ja. Incrédulos, ahora se convencerán —manifestó con euforia el muchacho.

—O sea que sí estaban hablando de ello y, por curiosidad, ¿qué les contabas a los otros chicos?

—Je, je, je, les contaba del betismo, del movimiento, que está entre nosotros para cambiar el mundo y de su rey, mi hermano es betista y me lo contó todo y algún día yo también lo seré, por el momento difundiré la palabra.

Al escuchar eso el rey apechugó las emociones por miedo a que se le escapara una lágrima, el muchacho no lo había reconocido a él, pero sí a la filosofía y eso lo llenó de orgullo, lo había vivido antes, pero nunca como un humano más.

El resto de aquella jornada no importó, ni las semanas ni los meses ni nada más, todo pasó y siguió su curso, pero un día el rey emitió una frase a sus súbditos y compañeros de viaje que los emocionó a todos y así supieron que en verdad habían cambiado al mundo: «Amigos, el trabajo está hecho y lo hicimos bien, dejamos huella, siempre habrá un betista mientras haya vida. El mundo es nuestro».

A partir de esa ocasión no se vieron las tertulias, los discursos se hicieron en privado, las reuniones eran solo juntadas de amigos y ningún lugar tuvo mote, ya no más cantadas ni nada que hiciera pensar que el movimiento estaba vivo, pero así era y en ese futuro que parecía totalmente alterno al que imaginaban, el betismo estaba más vivo que nunca.

El movimiento sigue fluyendo y creciendo hasta nuestros días, y hoy se puede ver la influencia betista en cada bandera levantada y en cada lucha que diga: «¡Ya no más!».

«Si el mundo se termina, yo quiero que me encuentre así: al lado de la mujer que quiero, la mano izquierda levantada sosteniendo un puro cubano, con una remera puesta bien roja y un whisky para llegar al otro lado con la sangre hirviendo».

Lecturas recomendadas

Cuando tus ojos no ven (Leonardo Vidal Ferreiro)

Las ruinas del fuego (Pedro Valbuena)

Dan. El camino a Havona I (Felipe Martínez)

Desde las estrellas (Belfort Pinto Herrera)

Él, unicornio (Emmanuel Solano)

El apóstol desconocido (Luis Tello)

Las armas de la luz (Rafael Cánepa)

Legado de Brelios (Diego Cabaña)

El anciano eterno (Luis Tello)

La verdadera virgen (Rodolfo Rangel)

www.ingramcontent.com/pod-product-compliance
Lightning Source LLC
LaVergne TN
LVHW091058150826
845673LV00002B/635

* 9 7 8 6 1 2 5 0 7 8 2 1 6 *